梁实秋

我独爱自在的人生

梁实秋 著

北京联合出版公司

图书在版编目（CIP）数据

梁实秋：我独爱自在的人生 / 梁实秋著 . -- 北京：北京联合出版公司，2022.4（2025.6重印）

ISBN 978-7-5596-5833-3

Ⅰ.①梁… Ⅱ.①梁… Ⅲ.①散文集—中国—现代 Ⅳ.① I266

中国版本图书馆 CIP 数据核字（2021）第 279608 号

梁实秋：我独爱自在的人生

| 作　　者：梁实秋
| 出 品 人：赵红仕
| 选题创意：北京青梅树下文化传媒有限公司
| 策划制作：西周的木鱼
| 责任编辑：牛炜征
| 装帧设计：末末美书
| 封面插画：红　花

北京联合出版公司出版
（北京市西城区德外大街 83 号楼 9 层　100088）
北京联合天畅文化传播公司发行
北京美图印务有限公司印刷　新华书店经销
字数 160 千字　880 毫米 ×1230 毫米　1/32　9 印张
2022 年 4 月第 1 版　2025 年 6 月第 7 次印刷
ISBN 978-7-5596-5833-3
定价：52.00 元

版权所有，侵权必究
未经许可，不得以任何方式复制或抄袭本书部分或全部内容
本书若有质量问题，请与本公司图书销售中心联系调换。
电话：010-65868687　010-64258472-800

目录 CONTENTS

辑一 在孤独中获得自在：吹灭读书灯，一身都是月

> 只要内心清净，随便在市廛里，陋巷里，都可以感觉到一种空灵悠逸的境界，所谓"心远地自偏"是也。
>
> ——梁实秋

003 …… 寂寞

006 …… 雅舍

010 …… 书房

015 …… 窗外

020 …… 懒

024 …… 睡

028 …… 早起

032 …… 散步

036 …… 闲暇

辑二 在天地间感受自在：一沙一世界，一花一天堂

我想树沐浴在熏风之中，抽芽放蕊，它必有一番愉快的心情。等到花簇簇、锦簇簇，满枝头红红绿绿的时候，招蜂引蝶，自又有一番得意。

——梁实秋

043 …… 雪

047 …… 鸟

051 …… 树

055 …… 哀枫树

059 …… 放风筝

065 …… 忆青岛

073 …… 北平的冬天

辑三 在生活中享受自在：花看半开，酒饮微醺

《菜根谭》所谓"花看半开，酒饮微醺"的趣味，才是最令人低徊的境界。

——梁实秋

081 ······ 旅行

086 ······ 下棋

089 ······ 喜筵

094 ······ 吃相

099 ······ 喝茶

104 ······ 饮酒

108 ······ 理发

113 ······ 洗澡

117 ······ 猫的故事

121 ······ 馋

126 ······ 客

辑四 在艺术中寻找自在：心有猛虎，细嗅蔷薇

我想画的最高境界不是可以读得懂的，一说到读便牵涉到文章词句，便要透过思想的程序，而画的美妙处在于透过视觉而直诉诸人的心灵。画给人的一种心灵上的享受，不可言说，说便不着。

——梁实秋

133 …… 盆景

137 …… 写字

140 …… 读画

144 …… 诗人

149 …… 读书乐

152 …… 好书谈

156 …… 影响我的几本书

173 …… 论散文

179 …… 作文的三个阶段

辑五　在人生中品味自在：看开是智，看淡是福

有时候，只要把心胸敞开，快乐也会逼人而来。这个世界，这个人生，有其丑恶的一面，也有其光明的一面。良辰美景，赏心乐事，随处皆是。

——梁实秋

185 ⋯⋯ 送行

190 ⋯⋯ 快乐

194 ⋯⋯ 旧

198 ⋯⋯ 怒

201 ⋯⋯ 沉默

204 ⋯⋯ 男人

208 ⋯⋯ 女人

213 ⋯⋯ 中年

217 ⋯⋯ 老年

221 ⋯⋯ 谈幽默

225 ⋯⋯ 谈时间

229 ⋯⋯ 了生死

附录　梁实秋忆故人

有学问，有文采，有热心肠的学者，求之当世能有几人？于是我想起了从前的一段经历，笔而记之。

——梁实秋

235 …… 记梁任公先生的一次演讲

238 …… 胡适先生二三事

248 …… 谈徐志摩

256 …… 忆沈从文

261 …… 忆老舍

267 …… 忆冰心

辑一

在孤独中获得自在：
吹灭读书灯，一身都是月

> 只要内心清净，随便在市廛里，陋巷里，都可以感觉到一种空灵悠逸的境界，所谓"心远地自偏"是也。
>
> ——梁实秋

寂寞

寂寞是一种清福。我在小小的书斋里，焚起一炉香，袅袅的一缕烟线笔直地上升，一直戳到顶棚，好像屋里的空气是绝对的静止，我的呼吸都没有搅动出一点儿波澜似的。我独自暗暗地望着那条烟线发怔。屋外庭院中的紫丁香还带着不少嫣红焦黄的叶子，枯叶乱枝时时的声响可以很清晰地听到，先是一小声清脆的折断声，然后是撞击着枝干的磕碰声，最后是落到空阶上的拍打声。这时节，我感到了寂寞。在这寂寞中我意识到了我自己的存在——片刻的孤立的存在。这种境界并不太易得，与环境有关，但更与心境有关。寂寞不一定要到深山大泽里去寻求，只要内心清净，随便在市廛①里，陋巷里，都可以感觉到一种空灵悠逸的境界，所谓"心远地自偏"是也。在这种境界中，我们可以在想象中翱翔，跳出尘世的渣滓，与古人游。所以我说，寂寞是一种清福。

---

① 指商店集中的市区。廛，音同蝉，指街市商店的房屋。

在礼拜堂里我也有过同样的经验。在伟大庄严的教堂里，从彩画玻璃窗透进一股不很明亮的光线，沉重的琴声好像是把人的心都洗淘了一番似的，我感觉到了我自己的渺小。这渺小的感觉便是我意识到我自己存在的明证。因为平常连这一点点渺小之感都不会有的！

我的朋友萧丽先生卜居①在广济寺里，据他告诉我，在最近一个夜晚，月光皎洁，天空如洗，他独自踱出僧房，立在大雄宝殿前的石阶上，翘首四望，月色是那样的晶明，蓊郁的树是那样的静止，寺院是那样的肃穆，他忽然顿有所悟，悟到永恒，悟到自我的渺小，悟到四大皆空的境界。我相信一个人常有这样的经验，他的胸襟自然豁达辽阔。

但是寂寞的清福是不容易长久享受的。它只是一瞬间的存在。世界有太多的东西不时地在提醒我们，提醒我们一件杀风景的事实：我们的两只脚是踏在地上的呀！一头苍蝇撞在玻璃窗上挣扎不出，一声"老爷、太太可怜可怜我这个瞎子吧"，都可以使我们从寂寞中间一头栽出去，栽到苦恼烦躁的漩涡里去。至于"催租吏"一类的东西之打上门来，或是"石壕吏"之类的东西半夜捉人，其足以使人败兴生气，就更不待言了。这还是外界的

---

① 意为选择居住。

感触，如果自己的内心先六根不净，随时都意马心猿，则虽处在最寂寞的境地里，他也是慌成一片忙成一团，六神无主，暴躁如雷，他永远不得享受寂寞的清福。

如此说来，所谓寂寞不即①是一种唯心论，一种逃避现实的现象吗？也可以说是。一个高蹈隐遁②的人，在从前的社会里还可以存在，而且还颇受人敬重，在现在的社会里是绝对的不可能。现在似乎只有两种类型的人了，一是在现实的泥淖③中打转的人，一是偶然也从泥淖中昂起头来喘口气的人。寂寞便是供人喘息的几口清新空气。喘几口气之后还得耐心地低头钻进泥淖里去。所以我对于能够昂首物外的举动并不愿再多苛责。逃避现实，如果现实真能逃避，吾寤寐以求之！

有过静坐经验的人该知道，最初努力把握着自己的心，叫它什么也不想，那是多么困难的事！那是强迫自己入于寂寞的手段，所谓参禅入定完全属于此类。我所赞美的寂寞，稍异于是。我所谓的寂寞，是随缘偶得，无需强求，一霎间的妙悟也不嫌短，失掉了也不必怅惘。但凡我有一刻寂寞时，我要好好地享受它。

---

① 意为不就。
② 指隐居世外。高蹈指过隐居的生活，遁世指隐居。
③ 意为泥泞的脏乱不堪。淖，音同闹，形容肮脏、混浊。

雅舍

到四川来，觉得此地人建造房屋最是经济。火烧过的砖，常常用来做柱子，孤零零地砌起四根砖柱，上面盖上一个木头架子，看上去瘦骨嶙峋，单薄得可怜；但是顶上铺了瓦，四面编了竹篦墙，墙上敷了泥灰，远远地看过去，没有人能说不像是座房子。我现在住的"雅舍"正是这样一座典型的房子。不消说，这房子有砖柱，有竹篦墙，一切特点都应有尽有。讲到住房，我的经验不算少，什么"上支下摘""前廊后厦""一楼一底""三上三下""亭子间""茆草棚""琼楼玉宇"和"摩天大厦"，各式各样，我都尝试过。我不论住在哪里，只要住得稍久，对那房子便发生感情，非不得已我还舍不得搬。这"雅舍"，我初来时仅求其能蔽风雨，并不敢存奢望，现在住了两个多月，我的好感油然而生。虽然我已渐渐感觉它并不能蔽风雨，因为有窗而无玻璃，风来则洞若凉亭，有瓦而空隙不少，雨来则渗如滴漏。纵然不能蔽风雨，"雅舍"还是自有它的个性。有个性就可爱。

"雅舍"的位置在半山腰，下距马路约有七八十层的土阶。前面是阡陌螺旋的稻田。再远望过去是几抹葱翠的远山，旁边有高粱地，有竹林，有水池，有粪坑，后面是荒僻的榛莽未除的土山坡。若说地点荒凉，则月明之夕，或风雨之日，亦常有客到，大抵好友不嫌路远，路远乃见情谊。客来则先爬几十级的土阶，进得屋来仍须上坡，因为屋内地板乃依山势而铺，一面高，一面低，坡度甚大，客来无不惊叹，我则久而安之，每日由书房走到饭厅是上坡，饭后鼓腹而出是下坡，亦不觉有大不便处。

"雅舍"共是六间，我居其二。篦墙不固，门窗不严，故我与邻人彼此均可互通声息。邻人轰饮作乐，咿唔诗章，喁喁细语，以及鼾声，喷嚏声，吮汤声，撕纸声，脱皮鞋声，均随时由门窗户壁的隙处荡漾而来，破我岑寂。入夜则鼠子瞰灯，才一合眼，鼠子便自由行动，或搬核桃在地板上顺坡而下，或吸灯油而推翻烛台，或攀援而上帐顶，或在门框桌脚上磨牙，使得人不得安枕。但是对于鼠子，我很惭愧地承认，我"没有法子"。"没有法子"一语是被外国人常常引用着的，以为这话最足代表中国人的懒惰隐忍的态度。其实我的对付鼠子并不懒惰。窗上糊纸，纸一戳就破；门户关紧，而相鼠有牙，一阵咬便是一个洞洞。试问还有什么法子？洋鬼子住到"雅舍"里，不也是没有法子？比鼠子更骚扰的是蚊子；"雅舍"的蚊风之盛，是我前所未见的。"聚蚊成雷"真有其事！每当黄昏时候，满屋里磕头碰脑的全是蚊子，又黑又大，骨骼都像是硬的。在别处蚊子早已肃清的时候，在"雅舍"则格外猖獗，来客偶不留心，则两腿伤处累累隆起如玉蜀黍，但是我仍安之。冬天一到，蚊子自然绝迹，明年夏天——谁知道我还是否住在"雅舍"！

"雅舍"最宜月夜——地势较高，得月较先。看山头吐月，红盘乍涌，一霎间，清光四射，天空皎洁，四野无声，微闻犬吠，坐客无不悄然！舍前有两株梨树，等到月升中天，清光从树间筛洒而下，地上阴影斑斓，此时尤为幽绝。直到兴阑人散，归房就寝，月光仍然逼进窗来，助我凄凉。细雨蒙蒙之际，"雅舍"亦复有趣。推窗展望，俨然米氏章法，若云若雾，一片弥漫。但若大雨滂沱，我就又惶悚不安了，屋顶湿印到处都有，起初如碗大，俄而扩大如盆，继则滴水乃不绝，终乃屋顶灰泥突然崩裂，如奇葩初绽，砉然一声而泥水下注，此刻满室狼藉，抢救无及。此种经验，已数见不鲜。

"雅舍"之陈设，只当得"简朴"二字，但洒扫拂拭，不使有纤尘。我非显要，故名公巨卿之照片不得入我室；我非牙医，故无博士文凭张挂壁间；我不业理发，故丝织西湖十景以及电影明星之照片亦均不能张我四壁。我有一几一椅一榻，酣睡写读，均已有着，我亦不复他求。但是陈设虽简，我却喜欢翻新布置。西人常常讥笑妇人喜欢变更桌椅位置，以为这是妇人天性喜变之一征。诬否且不论,我是喜欢改变的。中国旧式家庭,陈设千篇一律,正厅上是一条案,前面一张八仙桌,一边一把靠椅,两旁是两把靠椅夹一只茶几。我以为陈设宜求疏落参差之致,最忌排偶。"雅舍"所有,毫无新奇,但一物一事之安排布置俱不从俗。人入我室,即知此是我室。笠翁《闲情偶寄》之所论,正合我意。

"雅舍"非我所有,我仅是房客之一。但思"天地者万物之逆旅",人生本来如寄,我住"雅舍"一日,"雅舍"即一日为我所有。即使此一日亦不能算是我有,至少此一日"雅舍"所能给予之苦辣酸甜,我实躬受亲尝。刘克庄词:"客里似家家似寄。"我此时此刻卜居"雅舍","雅舍"即似我家。其实似家似寄,我亦分辨不清。

长日无俚,写作自遣,随想随写,不拘篇章,冠以"雅舍小品"四字,以示写作所在,且志因缘。

书房

书房，多么典雅的一个名词！很容易令人联想到一个书香人家。书香是与铜臭相对的。其实书未必香，铜亦未必臭。周彝商鼎，古色斑斓，终日摩挲亦不觉其臭，铸成钱币才沾染市侩味，可是不复流通的布泉刀错又常为高人赏玩之资。书之所以为香，大概是指松烟油墨印上了毛边连史，从不大通风的书房里散发出来的那一股怪味，不是桂馥兰薰，也不是霉烂馊臭，是一股混合的难以形容的怪味。这种怪味只有书房里才有，而只有士大夫人家才有书房。书香人家之得名大概是以此。

寒窗之下苦读的学子多半是没有书房，囊萤凿壁的就更不用说。所以对于寒苦的读书人，书房是可望而不可即的豪华神仙世界。伊士珍《琅嬛记》①："张华游于洞宫，遇一人引

---

① 中国古典小说，书中多记载荒诞不经或具有神话传说色彩的故事，因第一篇记载琅嬛福地的传说，遂得名。

至一处。别是天地，每室各有奇书，华历观诸室书，皆汉以前事，多所未闻者，问其地，曰：'琅嬛福地也。'"这是一位读书人希求冥想一个理想的读书之所，乃托之于神仙梦境。其实除了赤贫的人饔飧不继谈不到书房外，一般的读书人，如果肯要一个书房，还是可以好好布置出一个来的。有人分出一间房子养来亨鸡，也有人分出一间房子养狗，就是匀不出一间做书房。我还见过一位富有的知识分子，他不但没有书房，也没有书桌，我亲见他的公子趴在地板上读书，他的女公子用一块木板在沙发上写字。

一个正常的良好的人家，每个孩子应该拥有一个书桌，主人应该拥有一间书房。书房的用途是庋藏图书并可读书写作于其间，不是用以公开展览借以骄人的。"丈夫拥有万卷书，何假南面百城！"这种话好像是很潇洒而狂傲，其实是心尚未安无可奈何的解嘲语，徒见其不丈夫。书房不在大，亦不在设备佳，适合自己的需要便是。局促在几尺宽的走廊一角，只要放得下一张书桌，依然可以作为一个读书写作的工厂，大量出货。光线要好，空气要流通，红袖添香是不必要的，既没有香，"素腕举，红袖长"反倒会令人心有别注。书房的大小好坏，和一个读书写作的成绩之多少高低，往往不成正比例。有好多著名作品是在监狱里写的。

我看见过的考究的书房当推宋春舫先生的褐木庐为第一，在青岛的一个小小的山头上，这书房并不与其寓邸相连，是单独的一栋。环境清幽，只有鸟语花香，没有尘嚣市扰。《太平清话》："李德茂环积坟籍，名曰书城。"我想那书城未必能和褐木庐相比。在这里，所有的图书都是放在玻璃柜里，柜比人高，但不及栋。我记得藏书是以法文戏剧为主。所有的书都是精装，不全是buckram（胶硬粗布），有些是真的小牛皮装订（half calf, ooze calf, etc），烫金的字在书脊上排着队闪闪发亮。也许这已经超过了书房的标准，微近于藏书楼的性质，因为他还有一册精印的书目，普通的读书人谁也不会把他书房里的图书编目。

周作人先生在北平八道湾的书房，原名"苦雨斋"，后改为"苦茶庵"，不离苦的味道。小小的一幅横额是沈尹默写的。是北平式的平房，书房占据了里院上房三间，两明一暗。里面一间是知堂老人读书写作之处，偶然也延客品茗，几净窗明，一尘不染。书桌上文房四宝井然有致。外面两间像是书库，约有十个八个书架立在中间，图书中西兼备，日文书数量很大。真不明白苦茶庵的老和尚怎么会掉进了泥淖一辈子洗不清！

闻一多的书房，和"闻一多先生的书桌"一样，充实、有趣而乱。他的书全是中文书，而且几乎全是线装书。在青岛的时候，他仿效青岛大学图书馆庋藏中文图书的办法，给成套的中文书装制蓝布面，用白粉写上宋体字的书名，直立在书架上。这样的装备应该是很整齐可观，但是主人要作考证，东一部西一部的图书便要从书架上取下来参加獭祭的行列了，其结果是短榻上、地板上，唯一的一把木根雕制的太师椅上，全都是书。那把太师椅玲珑梆硬，可以入画，不宜坐人，其实亦不宜于堆书，却是他书斋中最惹眼的一个点缀。

潘光旦在清华南院的书房另有一种情趣。他是以优生学专家的素养来从事我国谱牒学研究的学者，他的书房收藏这类图书极富。他喜欢用书樌，那就是用两块木板将一套书夹起来，立在书架上。他在每套书系上一根竹制的书签，签上写着书名。这种书签实在很别致，不知杜工部《将赴草堂途中有作》所谓"书签药裹封蛛网"的书签是否即系此物。光旦一直在北平，失去了学术研究的自由，晚年丧偶，又复失明，想来他书房中那些书签早已封尘网了！

汗牛充栋，未必是福。丧乱之中，牛将安觅？多少爱书的人士都把他们苦心聚集的图书抛弃了，而且再也鼓不起勇气重建一个像样的书房。藏书而充栋，确有其必要，例如从前我家有一部小字本的图书集成，摆满上与梁齐的靠着整垛山墙的书架，取上层的书须用梯子，爬上爬下很不方便，可是充栋的书架有时仍是不可少。我来台湾后，一时兴起，兴建了一个连在墙上的大书架，邻居绸缎商来参观，叹曰："造这样大的木架有什么用，给我摆列绸缎尺头倒还合用。"他的话是不错的，书不能令人致富。书还给人带来麻烦，能像郝隆那样七月七日在太阳底下晒肚子就好，否则不堪衣鱼之扰，真不如尽量地把图书塞入腹笥，晒起来方便，运起来也方便。如果图书都能做成"显微胶片"纳入腹中，或者放映在脑子里，则书房就成为不必要的了。

窗外

窗子就是一个画框，只是中间加些棂子，从窗子望出去，就可以看见一幅图画。那幅图画是妍是媸，是雅是俗，是闹是静，那就只好随缘。我今寄居海外，栖身于"白屋"楼上一角，临窗设几，作息于是，沉思于是，只有在抬头见窗的时候看到一幅幅的西洋景。现在写出窗外所见，大概是近似北平天桥之大金牙的拉大篇吧？

"白屋"是地地道道的一座刷了白颜色油漆的房屋，既没有白茅覆盖，也没有外露木材，说起来好像是《韩诗外传》里所谓的"穷巷白屋"，其实只是一座方方正正的、见棱见角的美国初期形式的建筑物。我拉开窗帘，首先看见的是一块好大好大的天。天为盖，地为舆，谁没有看见过天？但是，不，以前住在人烟稠密天下第一的都市里，我看见的天仅是小小的一块，像是坐井观天，迎面是楼，左面是楼，右面是楼，后面还是楼，楼上不是水塔，就是天线，再不然就是五色缤纷的晒洗衣裳。井底蛙所见的天只有那么一点点。"白屋"地势荒僻，眼前没有遮拦，尤其是东边隔街是一个小学操场，绿草如茵，偶然有些孩子在那里蹦蹦跳跳；北边是一大块空地，长满了荒草，前些天还绽出一片星星点点的黄花，这些天都枯黄了，枯草里有几株参天的大树，有楸有枫，都直挺挺地、稳稳地矗立着；南边隔街有两家邻居；西边也有一家。有一天午后，小雨方住，蓦然看见天空一道彩虹，是一百八十度、完完整整的、清清楚楚的一条彩带，所谓虹饮江皋，大概就是这个样子。虹销雨霁的景致，不知看过多少次，却没看过这样规模壮阔的虹。窗外太空旷了，有时候零雨潸潸，竟不见雨脚，不闻雨声，只见有人撑着伞，坡路上的水流成了渠。

路上的汽车往来如梭，而行人绝少。清晨有两个头发斑白的老者绕着操场跑步，跑得气咻咻的，不跑完几个圈不止，其中有一个还有一条大黑狗做伴。黑狗除了运动健身之外，当然不会轻易放过一根电线杆子而不留下一点记号，更不会不选一块芳草鲜美的地方施上一点肥料。天气晴和的时候常有十八九岁的大姑娘穿着斜纹布蓝工裤，光着脚在路边走，白皙的两只脚光光溜溜的，脚底板踩得脏兮兮，路上万一有个图钉或玻璃碴之类的东西，不知如何是好？日本的武者小路实笃曾经说起："传有久米仙人者，因逃情，入山苦修成道。一日腾云游经某地，见一浣纱女，足胫甚白，目眩神驰，凡念顿生，飘忽之间已自云头跌下。"（见周梦蝶诗《无题》附记）我不会从窗头跌下，因为我没有目眩神驰。我只是想：裸足走路也算是年轻一代之反传统反文明的表现之一，以后恐怕还许有人要手脚着地爬着走，或索性倒竖蜻蜓用两只手走路，岂不更为彻底更为前进？至于长头发、大胡子的男子现在已经到处皆是，甚至我们中国人也有沾染这种习气的（包括一些学生与餐馆侍者），习俗移人，一至于此！

星期四早晨清除垃圾，也算是一景。这地方清除垃圾的工作不由官办，而是民营。各家的垃圾贮藏在几个铅铁桶里，上面有盖，到了这一天则自动送到门前待取。垃圾车来，并没有八音琴乐，也没有叱咤吆喝之声，只闻"唏哩哗啦"的铁桶响。车上一共两个人，一律是彪形黑大汉，一个人搬铁桶往车里掼[①]，另一个司机也不闲着，车一停他也下来帮着搬，而且两个人都用跑步，一点也不从容。垃圾掼进车里，机关开动，立即压绞成为碎碴，要想从垃圾里拣出什么瓶瓶罐罐的分门别类地放在竹篮里挂在车厢上，殆[②]无可能。每家月纳清洁费二元七角钱，包商叫苦，要求各家把铁桶送到路边，节省一些劳力，否则要加价一元。

---

① 音同贯，意为扔、撂。
② 意为几乎，差不多。

公共汽车的一个招呼站①就在我的窗外。车里没有车掌②，当然也就没有晚娘面孔③。所有开门，关门，收钱，挈④给转站票，全由司机一人兼理。幸亏坐车的人不多，司机还有闲情逸致和乘客说声"早安"。二十分钟左右过一班车，当然是亏本生意，但是贴本也要维持。每一班车都是疏疏落落的三五个客人，凄凄清清惨惨。许多乘客是老年人，目视昏花，手脚失灵，耳听聋聩，反应迟缓，公共汽车是他们唯一交通工具。也有按时上班的年轻人搭乘，大概是怕城里没处停放汽车。有一位工人模样的候车人，经常准时在我窗下出现，从容打开食盒，取出热水瓶，喝一杯咖啡，然后登车而去。

我没有看见过一只过街鼠，更没看见过老鼠肝脑涂地地陈尸街心。狸猫多得很，几乎个个是肥头胖脑的，毛也泽润。猫有猫食，成瓶成罐地在超级食场的货架上摆着。猫刷子，猫衣服，猫项链，猫清洁剂，百货店里都有。我几乎每天看见黑猫白猫在北边荒草地里时而追逐，时而亲昵，时而打滚。最有趣的是松鼠，

---

① 指在固定线路上，根据乘客的特殊需要而设立的临时停靠车辆的地点。一般情况下，在两个距离较远的公交站之间才会设立招呼站，目的是方便在两个车站之间下车的乘客。招呼站不会固定停车上下客，上车要招手，下车要跟司机沟通。
② 指电车司机。
③ 原指继母对非亲生子女不给好脸色，后用来比喻冷淡、苛刻的态度。
④ 意为撕扯、拉、拽、抽出。

弓着身子一窜一窜地到处乱跑,一听到车响,仓促地爬上枞枝。窗下放着一盘鸟食,黍米之类,麻雀群来果腹,红襟鸟则望望然去之①,它茹荤②,它要吃死的蛞蝓、活的蚯蚓。

  窗外所见的约略如是。王粲登楼,一则曰:"虽信美而非吾土兮,曾何足以少留!"再则曰:"昔尼父之在陈兮,有归欤之叹音。钟仪幽而楚奏兮,庄舄显而越吟。人情同于怀土兮,岂穷达而异心?"临楮③凄怆,吾怀吾土。

---

① 形容看了一眼就走开。
② 原指吃葱、韭等辛辣蔬菜,后指吃鱼、肉等。
③ 意为临纸。楮,音同楚,纸的代称,多指信笺。

懒

人没有不懒的。

大清早,尤其是在寒冬,被窝暖暖的,要想打个挺就起床,真不容易。荒鸡叫,由它叫。闹钟响,何妨按一下钮,在床上再赖上几分钟。白香山①大概就是一个惯睡懒觉的人,他不讳言"日高睡足犹慵起,小阁重衾不怕寒"。他不仅懒,还馋,大言不惭地说:"慵馋还自哂,快乐亦谁知?"白香山活了七十五岁,可是写了两千七百九十首诗,早晨睡睡懒觉,我们还有什么说的?

嬾字从女②,当初造字的人好像是对于女性存有偏见。其实勤与懒与性别无关。历史人物中,疏懒成性者嵇康要算是一位。他自称:"不涉经学,性复疏懒,筋驽肉缓,头面常一月十五

---

① 即白居易,字乐天,号香山居士。
② 嬾已简化为懒。

日不洗,不大闷痒,不能沐也。每常小便,而忍不起,令胞中略转,乃起耳。"同时,他也是"卧喜晚起"之徒,而且"性复多虱,把搔无已"。他可以长期的不洗头、不洗脸、不洗澡,以至于浑身生虱!和扪虱而谈的王猛都是一时名士。白居易"经年不沐浴,尘垢满肌肤",还不是由于懒?苏东坡好像也够邋遢的,他有"老来百事懒,身垢犹念浴"之句,懒到身上蒙垢的时候才做沐浴之想。女人似不至此,尚无因懒而昌言无隐引以自傲的。主持中馈的一向是女人,缝衣捣砧的也一向是女人。"早起三光,晚起三慌"是从前流行的女性自励语,所谓三光、三慌是指头上、脸上、脚上。从前的女人,夙兴夜寐,没有不患睡眠不足的,上上下下都要伺候周到,还要揪着公鸡的尾巴就起来,来照顾她自己的"妇容"。头要梳,脸要洗,脚要裹。所以朝晖未上就花朵盛开的牵牛花,别称为"勤娘子",懒婆娘没有欣赏的分,大概她只能观赏昙花。时到如今,情形当然不同,我们放眼观察,所谓前进的新女性,哪一个不是生龙活虎一般,主内兼主外,集家事与职业一身?世上如果真有所谓懒婆娘,我想其数目不会多于好吃懒做的男子汉。北平从前有一个流行的儿歌:"头不梳,脸不洗,拿起尿盆儿就舀米"是夸张的讽刺。懒字从女,有一点冤枉。

凡是自安于懒的人,大抵有他或她的一套想法。可以推给别人做的事,何必自己做?可以拖到明天做的事,何必今天做?

一推一拖，懒之能事尽矣。自以为偶然偷懒，无伤大雅。而且世事多变，往往变则通，在推拖之际，情势起了变化，可能一些棘手的问题会自然解决。"不需计较苦劳心，万事元来有命！"好像有时候馅饼是会从天上掉下来似的。这种打算只有一失，因为人生无常，如石火风灯，今天之后有明天，明天之后还有明天，可是谁也不知道自己还有没有明天。即使命不该绝，明天还有明天的事，事越积越多，越多越懒得去做。"虱多不痒，债多不愁"，那是自我解嘲！懒人做事，拖拖拉拉，到头来没有不丢三落四狼狈慌张的。你懒，别人也懒，一推再推，推来推去，其结果只有误事。

懒不是不可医，但须下手早，而且须从小处着手。这事需劳作父母的帮一把手。有一家三个孩子都贪睡懒觉，遇到假日还理直气壮地大睡，到时候母亲拿起晒衣服用的竹竿在三张小床上横扫，三个小把戏像鲤鱼打挺似的翻身而起。此后他们养成了早起的习惯，一直到大。父亲房里有几份报纸，欢迎阅览，但是他有一个怪毛病，任谁看完报纸之后，必须折好叠好放还原处，否则他就大吼大叫。于是三个小把戏触类旁通，不但看完报纸立即还原，对于其他家中日用品也不敢随手乱放。小处不懒，大事也就容易勤快。

我自己是一个相当懒的人，常走抵抗最小的路，虚掷不少的光阴。"架上非无书,眼慵不能看"(白香山句)。等到知道用功的时候,徒惊岁晚而已。英国十八世纪的绥夫特①,偕仆远行,路途泥泞,翌晨呼仆擦洗他的皮靴,仆有难色,他说:"今天擦洗干净,明天还是要泥污。"绥夫特说:"好,你今天不要吃早餐了。今天吃了,明天还是要吃。"唐朝的高僧百丈禅师,以"一日不作,一日不食"自励,每天都要劳动作农事,至老不休。有一天他的弟子们看不过,故意把他的农具藏了起来,使他无法工作,他于是真个的饿了自己一天没有进食。得道的方外的人都知道刻苦自律。清代画家石溪和尚在他一幅《溪山无尽图》上题了这样一段话,特别令人警惕:

> 大凡天地生人,宜清勤自持,不可懒惰。若当得个懒字,便是懒汉,终无用处。……残衲住牛首山房朝夕梵诵,稍余一刻,必登山选胜,一有所得,随笔作山水数幅或字一段,总之不放闲过。所谓静生动,动必作出一番事业。端教一个人立于天地间无愧。若忽忽不知,懒而不觉,何异草木!

一株小小的含羞草,尚且不是完全的"忽忽不知,懒而不觉!"若是人而不如小草,羞!羞!羞!

---

① 今译斯威夫特,即乔纳森·斯威夫特(1667—1745),爱尔兰著名小说家、政论家、讽刺文学大师,其作品长于讽刺幽默,有浓烈的批判现实主义风格,代表作有《格列佛游记》《一只桶的故事》等。

睡

我们每天睡眠八小时，便占去一天的三分之一，一生之中三分之一的时间于"一枕黑甜"之中度过，睡不能不算是人生一件大事。可是人在筋骨疲劳之后，眼皮一垂，枕中自有乾坤，其事乃如食色一般的自然，好像是不需措意。

豪杰之士有"闻午夜荒鸡起舞"者，说起来令人神往，但是五代时之陈希夷，居然隐于睡，据说"小则亘月，大则几年，方一觉"，没有人疑其为有睡病，而且传为美谈。这样的大量睡眠，非常人之所能。我们的传统的看法，大抵是不鼓励人多睡觉。昼寝的人早已被孔老夫子斥为不可造就。使得我们居住在亚热带的人午后小憩（西班牙人所谓Siesta）时内心不免惭愧。后汉时有一位边孝先，也是为了睡觉受他的弟子们的嘲笑，"边孝先，腹便便，懒读书，但欲眠"。佛说在家戒法，特别指出"贪睡眠乐"为"精进波罗密"之一障。大盖倒头便睡，等着太阳晒屁股，其事甚易，而掀起被衾，跳出软暖，至少在肉体上作"顶天立地"状，其事较难。

其实睡眠还是需要适量。我看倒是睡眠不足为害较大。"睡眠是自然的第二道菜"，亦即最丰盛的主菜之谓。多少身心的疲惫都在一阵"装死"之中涤除净尽。车祸的发生时常因为驾车的人在打瞌睡。衙门机构一些人员之一张铁青的脸，傲气凌人，也往往是由于睡眠不足，头昏脑涨，一肚皮的怨气无处发泄，如何能在脸上绽出人类所特有的笑容？至于在高位者，他们的睡眠更为重要，一夜失眠，不知要造成多少纰漏。

睡眠是自然的安排，而我们往往不能享受。以"天知地知我知子知"闻名的杨震，我想他睡觉没有困难，至少不会失眠，因为他光明磊落。心有恐惧，心有挂碍，心有忮求，倒下去只好辗转反侧，人尚未死而已先不能瞑目。庄子所谓"至人无梦"，《楞严经》所谓"梦想消灭，寝寤恒一"，都是说心里本来平安，睡时也自然踏实。劳苦分子，生活简单，日入而息，日出而作，不容易失眠。听说有许多治疗失眠的偏方，或教人计算数目字，或教人想象中描绘人体轮廓，其用意无非是要人收敛他的颠倒妄想，忘怀一切，但不知有多少实效，愈失眠愈焦急，愈焦急愈失眠，恶性循环，只好瞪着大眼睛，不觉东方之既白。

睡眠不能无床。古人席地而坐卧，我由"榻榻米"体验之，觉得不是滋味。后来北方的土炕砖炕，即较胜一筹。近代之床，实为一大进步。床宜大，不宜小。今之所谓双人床，阔不过四五尺，仅足供单人翻覆，还说什么"被底鸳鸯"？

莎士比亚《第十二夜》提到一张大床，英国Ware地方某旅舍有大床，七尺六寸高，十尺九寸长，十尺九寸阔，雕刻甚工，可睡十二人云。尺寸足够大了，但是睡上一打，其去沙丁鱼也几希，并不令人羡慕。讲到规模，还是要推我们上国的衣冠文物。我家在北平即藏有一旧床，杭州制，竹篾为绷，宽九尺余，深六尺余，床架高八尺，三面隔扇，下面左右床柜，俨然一间小屋，最可人处是床里横放架板一条，图书、盖碗、桌灯、四干四鲜，均可陈列其上，助我枕上之功。洋人的弹簧床，睡上去如落在棉花堆里，冬日犹可，夏日燠不可当，而且洋人的那种铺被的方法，将身体放在两层被单之间，把毯子裹在床垫之上，一翻身肩膀透风，一伸腿脚趾戳被，并不舒服。佛家的八戒，其中之一是"不坐高广大床"，和我的理想正好相反，我至今还想念我老家里的那张高广大床。

睡觉的姿态人各不同，亦无长久保持"睡如弓"的姿态之可能与必要。王右军那样的东床坦腹，不失为潇洒。即使佝偻着，如死蚯蚓，匍匐着，如癞虾蟆，也不干谁底事。北方有些地方的人士，无论严寒酷暑，入睡时必脱得一丝不挂，在被窝之内实行天体运劲，亦无伤风化。唯有鼾声雷鸣，最使不得。宋张端义《贵耳集》载一条奇闻："刘垂范往见羽士寇朝，其徒告以睡。刘坐寝外闻鼻鼾之声，雄美可听，曰：'寇先生睡有乐，乃华胥调。'"所谓"华胥调"见陈希夷故事，据《仙佛奇踪》，"陈抟居华山，有一客过访，适值其睡，旁有一异人，听其息声，以墨笔记之。客怪而问之，其人曰：'此先生华胥调混沌谱也。'"华胥氏之国不曾游过，华胥调当然亦无从欣赏，若以鼾声而论，我所能辨识出来的谱调顶多是近于"爵士新声"，其中可能真有"雄美可听"者。不过睡还是以不奏乐为宜。

睡也可以是一种逃避现实的手段。在这个世界活得不耐烦而又不肯自行退休的人，大可以掉头而去，高枕而眠，或竟曲肱而枕，眼前一黑，看不惯的事和看不入眼的人都可以暂时撇在一边，像驼鸟一般，眼不见为净。明陈继儒《珍珠船》记载着："徐光溥为相，喜论事，大为李旻等所嫉，光溥后不言，每聚议，但假寐而已，时号睡相。"一个做到首相地位的人，开会不说话，一味假寐，真是懂得明哲保身之道，比危行言逊还要更进一步。这种功夫现代似乎尚未失传。

早起

曾文正公①说:"作人从早起起。"因为这是每人每日所做的第一件事。这一桩事若办不到,其余的也就可想。记得从前俞平伯先生有两行名诗:"被窝暖暖的,人儿远远的……",在这"暖暖……远远……"的情形之下,毅然决然地从被窝里窜出来,尤其是在北方那样寒冷的天气,实在是不容易。唯以其不容易,所以那个举动被称为开始做人的第一件事。偎在被窝里不出来,那便是在做人的道上第一回败绩。

历史上若干嘉言懿行,也有不少是标榜早起的。例如,《颜氏家训》里便有"黎明即起"的句子。至少我们不会听说哪一个人为了早晨晏起而受到人的赞美。祖逖闻鸡起舞的故事是众所熟知的,但是我们不要忘了祖逖是志士,他所闻的鸡不是我们在天

---

① 即曾国藩(1811—1872),初名子城,字伯涵,号涤生。晚清重臣,湘军创立者和统帅,谥号"文正",后世称"曾文正"。

将破晓时听见的鸡啼，而是"中夜闻荒鸡鸣"。中夜起舞之后是否还回去再睡，史无明文，我想大概是不再回去睡了。黑茫茫的后半夜，舞完了之后还做什么，实在是不可想象的事。前清文武大臣上朝，也是半夜三更地进东华门，打着灯笼进去，不知是不是因为皇帝有特别喜欢起早的习惯。

西谚亦云："早出来的鸟能捉到虫儿吃。"似乎是晚出来的鸟便没得虫儿吃了。我们人早起可有什么好处呢？我个人是从小就喜欢早起的，可是也说不出有什么特别的好处，只是我个人的习惯而已。我觉得这是一个好习惯，可是并不说有这好习惯的人即是好人，因为这习惯虽好，究竟在做人的道理上还是比较的一桩小事。所以像韩复榘在山东省做主席时强迫省府人员清晨五时集合在大操场里跑步，我并不敢恭维。

我小时候上学，躺在炕上一睁眼看见窗户上最高的一格有了太阳光，便要急得哭啼，我的母亲匆匆忙忙给我梳了小辫儿打发我去上学。我们的学校就在我们的胡同里。往往出门之后不久又眼泪扑簌地回来，母亲问道："怎么回来了？"我低着头嗫嚅地回答："学校还没有开门哩！"这是五十多年前的事了，我现在想想，还是不知道为什么要那样性急。到如今，凡是开会或宴会之类，我还是很少迟到的。我觉得迟到是很可耻的一件事。但是我的心胸之不够开展，容不得一点事，于此也就可见一斑。

有人晚上不睡，早晨不起。他说这是"焚膏油以继晷"。我想，"焚膏油"则有之，日晷则在被窝里糟蹋不少。他说夜里万籁俱寂，没有搅扰，最宜工作，这话也许是有道理的。我想晚上早睡两个钟头，早上早起两个钟头，还是一样的，因为早晨也是很宜于工作的。我记得我翻译《阿伯拉与哀绿绮思的情书》的时候，就是趁太阳没出的时候搬竹椅在廊檐下动笔，等到太阳晒满半个院子，人声嘈杂，我便收笔，这样在一个月内译成了那本书，至今回忆起来还是愉快的。我在上海住几年，黎明即起，弄堂里到处是"哗啦哗啦"的刷马桶的声音，满街的秽水四溢，到处看得见横七竖八的露宿的人——这种苦恼是高枕而眠到日上三竿的人所没有的。有些个城市，居然到九十点钟而街上还没有什么动静，家家户户都门窗紧闭，行经其地如过废墟，我这时候只有暗暗地祝福那些睡得香甜的人，我不知道他们昨夜做了什么事，以至今天这样晚还不能起来。

我如今年事稍长，好早起的习惯更不易抛弃。醒来听见鸟啭，一天都是快活的。走到街上，看见草上的露珠还没有干，砖缝里被蚯蚓倒出一堆一堆的沙土，男的女的担着新鲜肥美的菜蔬走进城来，马路上有戴草帽的老朽的女清道夫，还有无数的青年男女穿着熨平的布衣精神抖擞地携带着"便当"骑着脚踏车去上班，——这时候我衷心充满了喜悦！这是一个活的世界，这是一个人的世界,这是生活!

就是学佛的人也讲究"早参""晚参"。要此心常常摄持。曾文正公说作人从早起起,也是着眼在那一转念之间,是否能振作精神,让此心做得主宰。其实早起晚起本身倒没有什么了不得的利弊,如是而已。

散步

《琅嬛记》云:"古之老人,饭后必散步。"好像是散步限于饭后,仅是老人行之,而且盛于古时。现代的我,年纪不大,清晨起来盥洗完毕便提起手杖出门去散步。这好像是不合古法,但我已行之有年,而且同好甚多,不只我一人。

清晨走到空旷处,看东方既白,远山如黛,空气里没有太多的尘埃炊烟混杂在内,可以放心地尽量地深呼吸,这便是一天中难得的享受。据估计:"目前一般都市的空气中,灰尘和烟煤的每周降量,平均每平方公里约为五吨,在人烟稠密或工厂林立的地区,有的竟达二十吨之多。"养鱼的都知道要经常为鱼换水,关在城市里的人真是如在火宅,难道还不在每天清早从软暖习气中挣脱出来,服几口清凉散?

散步的去处不一定要是山明水秀之区,如果风景宜人,固然觉得心旷神怡,就是荒村陋巷,也自有它的情趣。一切只要随缘。我从前沿着淡水河边，走到萤桥，现在顺着一条马路，走到土桥，天天如是，仍然觉得目不暇给。朝露未干时，有蚯蚓、大蜗牛，在路边蠕动，没有人伤害它们，在这时候这些小小的生物可以和我们和平共处。也常见有被碾毙的田鸡、野鼠横尸路上，令人怵目惊心，想到生死无常。河边蹲踞着三三两两浣衣女，态度并不清闲，她们的背上兜着垂头瞌睡的小孩子。田畦间伫立着几个庄稼汉，大概是刚拔完萝卜摘过菜。是农家苦还是农家乐，不大好说。就是从巷弄里面穿行，无意中听到人家里的喁喁絮语，有时也能令人忍俊不禁。

六朝人喜欢服五石散，服下去之后五内如焚，浑身发热，必须散步以资宣泄。到唐朝时犹有这种风气。元稹诗"行药步墙阴"，陆龟蒙诗"更拟结茅临水次，偶因行药到村前"，所谓"行药"，就是服药后的散步。这种散步，我想是不舒服的。肚里面有丹砂、雄黄、白矾之类的东西作怪，必须脚步加快，步出一身大汗，方得畅快。我所谓的散步不这样的紧张，遇到天寒风大，可以缩颈急行，否则亦不妨迈方步，缓缓而行。培根有言："散步利胃。"我的胃口已经太好，不可再利，所以我从不踉踉跄跄地趱路。六朝人所谓"风神萧散，望之如神仙中人"，一定不是在行药时的写照。

散步时总得携带一根手杖，手里才觉得不闲得慌。山水画里的人物，凡是跋山涉水的总免不了要有一根邛杖，否则好像是摆不稳当似的。王维诗："策杖村西日斜"，村东日出时也是一样地需要策杖。一杖在手，无需舞动，拖曳就可以了。我的一根手杖，因为在地面摩擦的关系，已较当初短了寸余。手杖有时亦可作为武器，聊备不时之需，因为在街上散步者不仅是人，还有狗。不是夹着尾巴的丧家之狗，也不是循循然汪汪叫的土生土长的狗，而是那种雄赳赳的横眉竖眼张口伸舌的巨獒，气咻咻地迎面而来，后面还跟着骑脚踏车的扈从。这时节我只得一面退避三舍，一面加力握紧我手里的竹杖。那狗脖子上挂着牌子，当然是纳过税的，还可能是系出名门，自然也有权利出来散步。还好，此外尚未遇见过别的什么猛兽。唐慈藏大师"独静行禅，不避虎兕"，我只有自惭定力不够。

散步不需要伴侣，东望西望没人管，快步慢步由你说，这不但是自由，而且只有在这种时候才特别容易领略到"前不见古人，后不见来者"那种"分段苦"的味道。天覆地载，孑然一身。事实上，街道上也不是绝对的阒无一人，策杖而行的不只我一个，而且经常的有很熟的面孔准时准地地出现。还有三五成群的小姑娘，老远的就送来木屐声。天长日久，面孔都熟了，但是谁也不理谁。在外国的小都市，你清早出门，一路上打扫台阶的老太婆总要对你搭讪一两句话，要是在郊外山上，任何人都要彼此脱帽招呼。他们不嫌多事。我有时候发现，一个形容枯槁的老者忽然不见他在街道散步了,第二天也不见,第三天也不见,我真不敢猜想他是到哪里去了。

  太阳一出山,把人影照得好长,这时候就该往回走。再晚一点便要看到穿蓝条睡衣睡裤的女人们在街上或是河沟里倒垃圾,或者是捧出红泥小火炉在路边呼呼地扇起来,弄得烟气腾腾。尤其是,风驰电掣的现代交通工具也要像是猛虎出柙一般地露面了,行人总以回避为宜。所以,散步一定要在清晨,白居易诗:"晚来天气好,散步中门前。"要知道白居易住的地方是伊阙,是香山,和我们住的地方不一样。

闲暇

英国十八世纪的笛孚①,以《鲁滨孙漂流记》一书闻名于世,其实他写小说是在近六十岁才开始的,他以前的几十年写作差不多全是以新闻记者的身份所写的散文。最早的一本书一六九七年刊行的《设计杂谈》(*An Essay upon Projects*)是一部逸趣横生的奇书,我现在不预备介绍此书的内容,我只要引其中的一句话:"人乃是上帝所创造的最不善于谋生的动物;没有别的一种动物曾经饿死过;外界的大自然给他们预备了衣与食;内心的自然本性给他们安设了一种本能,永远会指导他们设法谋取衣食;但是人必须工作,否则就挨饿,必须做奴役,否则就得死;他固然是有理性指导他,很少人服从理性指导而沦于这样不幸的状态,但是一个人年轻时犯了错误,以致后来颠沛困苦,没有钱,没有朋友,没有健康,他只好死于沟壑,或是死于一个更恶劣的地方——医院。"这一段话,不可以就表面字义上去了

---

① 今译笛福。

解，须知笛孚是一位"反语"大师，他惯说反话。人为万物之灵，谁不知道？事实上在自然界里一大批一大批饿死的是禽兽，不是人。人要适合于理性的生活，要改善生活状态，所以才要工作。笛孚本人是工作极为勤奋的人，他办刊物、写文章、做生意，从军又服官，一生忙个不停。就是在这本《设计杂谈》里，他也提出了许多高瞻远瞩的计划，像预言一般后来都一一实现了。

人辛勤困苦地工作，所为何来？夙兴夜寐，胼手胝足，如果纯是为了温饱像蚂蚁蜜蜂一样，那又何贵乎做人？想起罗马皇帝玛可斯奥瑞利阿斯的一段话：

> 在天亮的时候，如果你懒得起床，要随时作如是想："我要起来，去做一个人的工作。"我生来就是为了做那工作的，我来到世间就是为了做那工作的，那么现在就去做那工作又有什么可怨的呢？我既是为了这工作而生的，那么我应该蜷卧在被窝里取暖吗？"被窝里较为舒适呀。"那么你是生来为了寻乐的吗？简言之，我且问汝，你是被动地还是主动地要有所作为？试想每一个小的植物，每一小鸟、蚂蚁、蜘蛛、蜜蜂，它们是如何地勤于操作，如何地克尽厥职，以组成一个有秩序的宇宙。那么你可以拒绝去做一个人的工作吗？自然命令你做的事还不赶快地去做吗？"但是一

些休息也是必要的呀。"这我不否认。但是根据自然之道，这也要有个限制，犹如饮食一般。你已经超过限制了，你已经超过足够的限量了。但是讲到工作你却不如此了，多做一点你也不肯。

这一段策励自己勉力工作的话，足以发人深省，其中"以组一个有秩序的宇宙"一语至堪玩味，使我们不能不想起古罗马的文明秩序是建立在奴隶制度之上的。有劳苦的大众在那里辛勤地操作，解决了大家的生活问题，然后少数的上层社会人士才有闲暇去做"人的工作"。大多数人是蚂蚁、蜜蜂，少数人是人。做"人的工作"需要有闲暇。所谓"闲暇"，不是饱食终日无所用心之谓，是免于蚂蚁、蜜蜂般的工作之谓。养尊处优，嬉遨惰慢，那是蚂蚁、蜜蜂之不如，还能算人！靠了逢迎当道，甚至为虎作伥，而猎取一官半职或是分享一些残羹冷炙，那是帮闲或是帮凶，都不是人的工作。奥瑞利阿斯推崇工作之必要，话是不错，但勤于操作亦应有个限度，不能像蚂蚁、蜜蜂那样工作。劳动是必需的，但劳动不应该是终极的目标。而且劳动亦不应该由一部分负担而令另一部分坐享其成果。

人类最高理想应该是人人能有闲暇，于必需的工作之余还能有闲暇去做人，有闲暇去做人的工作，去享受人的生活。我们应该希望人人都能属于"有闲阶级"。有闲阶级如能普及于全人类，那便不复是罪恶。人在有闲的时候才最像是一个人。手脚相当闲，头脑才能相当地忙起来。我们并不向往六朝人那样萧然若神仙的样子，我们却企盼人人都能有闲去发展他的智慧与才能。

辑二

在天地间感受自在：
一沙一世界，一花一天堂

我想树沐浴在熏风之中，抽芽放蕊，它必有一番愉快的心情。等到花簇簇、锦簇簇，满枝头红红绿绿的时候，招蜂引蝶，自又有一番得意。

——梁实秋

雪

李白句："燕山雪华大如席。"这话靠不住，诗人夸张，犹"白发三千丈"之类。据科学的报导，雪花的结成视当时当地的气温状况而异，最大者直径三至四英寸。大如席，岂不一片雪花就可以把整个人盖住？雪，是越下得大越好，只要是不成灾。雨雪霏霏，像空中撒盐，像柳絮飞舞，缓缓然下，真是有趣，没有人不喜欢。有人喜雨，有人苦雨，不曾听说谁厌恶雪。就是在冰天雪地的地方，爱斯基摩人也还利用雪块砌成圆顶小屋，住进去暖和得很。

赏雪，须先肚中不饿。否则雪虐风饕之际，饥寒交迫，就许一口气上不来，焉有闲情逸致去细数"一片一片又一片……飞入芦花都不见"？后汉有一位袁安，大雪塞门，无有行路，人谓已死，洛阳令令人除雪，发现他在屋里僵卧，问他为什么不出来，他说："大雪人皆饿，不宜干人。"此公戆得可爱，自己饿，料想别人也饿，我相信袁安僵卧的时候一定吟不出"风吹雪片似花落"之类的句子。晋王子猷居山阴,夜雪初霁,月色清朗,忽然想起远在剡的朋友戴安道,即便夜乘小舟就之,经宿方至,造门不前而返。假如没有那一场大雪,他固然不会发此奇兴,假如他自己饘粥不继,他也不会风雅到夜乘小船去空走一遭。至于谢安石一门风雅,寒雪之日与儿女吟诗,更是富贵人家事。

一片雪花含有无数的结晶,一粒结晶又有好多好多的面,每个面都反射着光,所以雪才显着那样的洁白。我年轻时候听说从前有烹雪论茗的故事,一时好奇,便到院里就新降的积雪掬起表面的一层,放在甑里融成水,煮沸,走七步,用小宜兴壶,沏大红袍,倒在小茶盅里,细细品啜之,举起喝干了的杯子就鼻端猛嗅三两下——我一点也不觉得两腋生风,反而觉得舌本闲强。我再检视那剩余的雪水,好像有用矾打的必要!空气污染,雪亦不能保持其清白。有一年,我在汴洛道上行役,途中车坏,时值大雪,前不巴村后不着店,饥肠辘辘,乃就路边草棚买食,主人飨我以挂面,我大喜过望。但是煮面无水,主人取洗脸盆,舀路旁积雪,以混沌沌的雪水下面。虽说饥者易为食,这样的清汤挂面也不是顶容易下咽的。从此我对于雪,觉得只可远观,不可亵玩。苏武饥吞毡渴饮雪,那另当别论。

雪的可爱处在于它的广被大地,覆盖一切,没有差别。冬夜拥被而眠,觉寒气袭人,蜷缩不敢动,凌晨张开眼皮,窗棂窗帘隙处有强光闪映大异往日,起来推窗一看——啊!白茫茫一片银世界。竹枝松叶顶着一堆堆的白雪,权芽老树也都镶了银边。朱门与蓬户同样蒙受它的沾被,雕栏玉砌与瓮牖桑枢没有差别待遇。地面上的坑穴洼溜,冰面上的枯枝断梗,路面上的残刍败屑,全都罩在天公抛下的一件鹤氅之下。雪就是这样的大公无私,装点了美好的事物,也遮掩了一切的芜秽,虽然不能遮掩太久。

雪最有益于人之处是在农事方面,我们靠天吃饭,自古以来就看上天的脸色:"天上同云,雨雪雰雰。……既沾既足,生我百谷。"俗语所说"瑞雪兆丰年",即今冬积雪,明年将丰之谓。不必"天大雪,至于牛目",盈尺就可成为足够的宿泽。还有人说雪宜麦而辟蝗,因为蝗遗子于地,雪深一尺则入地一丈,连虫害都包治了。我自己也有过一点类似的经验,堂前有芍药两栏,书房檐下有玉簪一畦,冬日几场大雪扫积起来,堆在花栏花圃上面,不但可以使花根保暖,而且来春雪融成了天然的润溉,大地回苏的时候果然新苗怒发,长得十分茁壮,花团锦簇。我当时觉得比堆雪人更有意义。

据说有一位枭雄吟过一首咏雪的诗:"黄狗身上白,白狗身上肿,出门一啊喝,天下大一统。"俗话说"官大好吟诗",何况一位枭雄在夤缘际会踌躇满志的时候?这首诗不是没有一点巧思，只是趣味粗犷得可笑，这大概和出身与气质有关。相传法国皇帝路易十四写了一首三节联韵诗，自鸣得意，征求诗人批评家布洼娄的意见，布洼娄说："陛下无所不能，陛下欲作一首歪诗，果然作成功了。"我们这位枭雄的咏雪，也应该算是很出色的一首歪诗。

鸟

我爱鸟。

从前我常见提笼架鸟的人,清早在街上溜达(现在这样有闲的人少了)。我感觉兴味的不是那人的悠闲,却是那鸟的苦闷。胳膊上架着的鹰,有时头上蒙着一块皮子,羽翮①不整地蜷伏着不动,哪里有半点瞵视昂藏②的神气?笼子里的鸟更不用说,常年地关在栅栏里,饮啄倒是方便,冬天还有遮风的棉罩,十分的"优待",但是如果想要"抟扶摇而直上",便要撞头碰壁。鸟到了这种地步,我想它的苦闷,大概是仅次于粘在胶纸上的苍蝇,它的快乐,大概是仅优于在标本室里住着吧?

我开始欣赏鸟,是在四川。黎明时,窗外是一片鸟啭,不

---

① 指鸟羽。翮,音同合,羽轴下段不生羽瓣而中空的部分。
② 形容左顾右盼、神采不可一世的样子。瞵,音同林,瞪着眼睛看;昂藏,仪态雄伟。

是"吱吱喳喳"的麻雀,不是呱呱噪啼的乌鸦,那一片声音是清脆的,是嘹亮的,有的一声长叫,包括着六七个音阶,有的只是一个声音,圆润而不觉其单调,有时是独奏,有时是合唱,简直是一派和谐的交响乐,不知有多少个春天的早晨,这样的鸟声把我从梦境唤起。等到旭日高升,市声鼎沸,鸟就沉默了,不知到哪里去了。一直等到夜晚,才又听到杜鹃叫,由远叫到近,由近叫到远,一声急似一声,竟是凄绝的哀乐。客夜闻此,说不出的酸楚!

在白昼,听不到鸟鸣,但是看得见鸟的形体。世界上的生物,没有比鸟更俊俏的。多少样不知名的小鸟,在枝头跳跃,有的曳着长长的尾巴,有的翘着尖尖的长喙,有的是胸襟上带着一块照眼的颜色,有的是飞起来的时候才闪露一下斑斓的花彩。几乎没有例外的,鸟的身躯都是玲珑饱满的,细瘦而不干瘪,丰腴而不臃肿,真是减一分则太瘦,增一分则太肥那样的秾纤合度①,跳荡得那样轻灵,脚上像是有弹簧。看它高踞枝头,临风顾盼——好锐利的喜悦刺上我的心头。不知是什么东西惊动它了,它倏地振翅飞去,它不回顾,它不悲哀,它像虹似的一下就消逝了,它留下的是无限的迷惘。有时候稻田里伫立着一只白鹭,蜷着一条腿,缩着颈子,有时候"一行白鹭上青天",背后

---

① 指不胖不瘦,正合适。

还衬着黛青的山色和釉绿的梯田。就是抓小鸡的鸢鹰,"啾啾"地叫着,在天空盘旋,也有令人喜悦的一种雄姿。

我爱鸟的声音、鸟的形体,这爱好是很单纯的,我对鸟并不存任何幻想。有人初闻杜鹃,兴奋得一夜不能睡,一时想到"杜宇""望帝",一时又想到啼血,想到客愁,觉得有无限诗意。我曾告诉他事实上全不是这样的。杜鹃原是很健壮的一种鸟,比一般的鸟魁梧得多,扁嘴大口,并不特别美,而且自己不知构巢,依仗体壮力大,硬把卵下在别个的巢里,如果巢里已有了够多的卵,便不客气地给挤落下来,孵育的责任由别个代负了,孵出来之后,羽毛渐丰,就可把巢据为己有。那人听了我的话之后,对于这豪横无情的鸟,再也不能幻出什么诗意出来了。我想济慈的《夜莺》、雪莱的《云雀》,还不都是诗人自我的幻想,与鸟何干?

鸟并不永久地给人喜悦,有时也给人悲苦。诗人哈代在一首诗里说,他在圣诞的前夕。炉里燃着熊熊的火,满室生春,桌上摆着丰盛的筵席,准备着过一个普天同庆的夜晚,蓦然看见在窗外一片美丽的雪景当中,有一只小鸟踢踢缩缩①地在寒枝的梢头踞立,正在啄食一颗残余的僵冻的果儿,禁不住那料峭的寒风,

---

① 畏缩恐惧的样子。踢踢,音同局集,形容畏缩不安。

栽倒地上死了，滚成一个雪团！诗人感喟曰："鸟！你连这一个快乐的夜晚都不给我！"我也有过一次类似经验，在东北的一间双重玻璃窗的屋里，忽然看见枝头有一只麻雀，战栗地跳动抖擞着，在啄食一块干枯的叶子。但是我发现那麻雀的羽毛特别长，而且是蓬松戟张①着的，像是披着一件蓑衣，立刻使人联想到那垃圾堆上的大群褴褛而臃肿的人，那形容②是一模一样的。那孤苦伶仃的麻雀，也就不暇③令人哀了。

自从离开四川以后，不再容易看见那样多型类④的鸟的跳荡，也不再容易听到那样悦耳的鸟鸣。只是清早遇到烟突⑤冒烟的时候，一群麻雀挤在檐下的烟突旁边取暖，隔着窗纸有时还能看见伏在窗棂上的雀儿的映影。喜鹊不知逃到哪里去了。带哨子的鸽子也很少看见在天空打旋。黄昏时偶尔还听见寒鸦在古木上鼓噪，入夜也还能听见那像哭又像笑的鸱鸮⑥的怪叫。再令人触目的就是那些偶然一见的囚在笼里的小鸟儿了，但是我不忍看。

---

① 形容须髯、毛发、羽毛张开如戟。
② 指模样、样子。
③ 指没有空闲，来不及。
④ 指类型。
⑤ 指烟囱。
⑥ 音同吃消，即猫头鹰。鸟类的一科，属夜行猛禽。

树

北平的人家,差不多家家都有几棵相当大的树。前院一棵大槐树是很平常的。槐荫满庭,槐影临窗,到了六七月间槐黄满树使得家像一个家,虽然树上不时地由一根细丝吊下一条绿颜色的肉虫子,不当心就要粘得满头满脸。槐树寿命很长,有人说唐槐到现在还有生存在世上的,这种树的树干就有一种纠绕蟠屈的姿态,自有一股老丑而并不自嫌的神气,有这样一棵矗立在前庭,至少可以把"树小墙新画不古"的讥诮免除三分之一。后院照例应该有一棵榆树,榆与余同音,示有余之意,否则榆树没有什么特别值得人喜爱的地方,成年地往下撒落五颜六色的毛毛虫,榆钱做糕也并不好吃。至于边旁跨院里,则只有枣树的份,"叶小如鼠耳",到处生些怪模怪样的能刺伤人的小毛虫。枣实只合做枣泥馅子,生吃在肚里就要拉枣酱,所以左邻右舍的孩子老妪任意扑打也就算了。院子中央的四盆石榴树,那是给天棚鱼缸做陪衬的。

我家里还有些别的树。东院里有一棵柿子树，每年结一二百个高庄柿子，还有一棵黑枣。垂花门前有四棵西府海棠，艳丽到极点。西院里有四棵紫丁香，占了半个院子。后院有一棵香椿和一棵胡椒，椿芽椒芽成了烧黄鱼和拌豆腐的最好的作料。榆树底下有一个葡萄架，年年在树根左近要埋一只死猫（如果有死猫可得）。在从前的一处家园里，还有更多的树，桃、李、胡桃、杏、梨、藤萝、松、柳，无不具备。因此，我从小就对于树存有偏爱。我尝面对着树生出许多非非之想，觉得树虽不能言，不解语，可是它也有生老病死，它也有荣枯，它也晓得传宗接代，它也应该算是"有情"。

树的姿态各个不同。亭亭玉立者有之；矮墩墩的有之；有张牙舞爪者；有佝偻其背者；有戟剑森森者；有摇曳生姿者；各极其致。我想树沐浴在熏风之中，抽芽放蕊，它必有一番愉快的心情。等到花簇簇，锦簇簇，满枝头红红绿绿的时候，招蜂引蝶，自又有一番得意。落英缤纷的时候可能有一点伤感，结实累累的时候又会有一点迟暮之思。我又揣想，蚂蚁在树干上爬，可能会觉得痒痒出溜的；蝉在枝叶间高歌，也可能会觉得聒噪不堪。总之，树是活的，只是不会走路，根扎在哪里便住在哪里，永远没有颠沛流离之苦。

小时候听"名人演讲"，有一次是一位什么"都督"之类的角色讲演"人生哲学",我只记得其中一点点,他说:"植物的根是向下伸,兽畜的头是和身躯平的,人是立起来的,他的头是在最上端。"我当时觉得这是一大发现,也许是生物进化论又一崭新的说法。怪不得人为万物之灵,原来他和树比较起来是本末倒置的。人的头高高在上,所以"清气上升,浊气下降"。有道行的人,有坐禅,有立禅,不肯倒头大睡,最后还要讲究坐化。

可是历来有不少诗人并不这样想,他们一点也不鄙视树。美国的弗罗斯特有一首诗,名《我的窗前树》,他说他看出树与人早晚是同一命运的,都要倒下去,只有一点不同,树担心的是外在的险厄,人烦虑的是内心的风波。又有一位诗人名Kilmer,他有一首著名的小诗——《树》,有人批评说那首诗是"坏诗",我倒不觉得怎样坏,相反地,"诗是像我这样的傻瓜做的,只有上帝才能造出一棵树",这两行诗颇有一点意思。人没有什么了不起,侈言创造,你能造出一棵树来么?树和人,都是上帝的创造。最近我到阿里山去游玩,路边见到那株"神木",据说有三千年了,比起庄子所说的"以八千岁为春,以八千岁为秋"的上古大椿还差一大截子,总算有一把年纪,可是看那一副形容枯槁的样子,只是一具枯骸,何神之有!我不相信"枯树生华"那一套。我只能生出"树犹如此,人何以堪"的感想。

我看见阿里山上的原始森林,一片片,黑压压,全是参天大树，郁郁葱葱。但与我从前在别处所见的树木气象不同。北平公园大庙里的柏，以及梓橦道上的所谓张飞柏，号称"翠云廊"，都没有这里的树那么直那么高。像黄山的迎客松，屈铁交柯，就更不用提，那简直是放大了的盆景。这里的树大部分是桧木，全是笔直的，上好的电线杆子材料。姿态是谈不到，可是自有一种榛莽未除入眼荒寒的原始山林的意境。局促在城市里的人走到原始森林里来，可以嗅到"高贵的野蛮人"的味道，令人精神上得到解放。

哀枫树

我每至西雅图,下榻士耀、文蔷家。我楼上寝室有两个窗子,从南窗远眺,晴朗时可以看到的高一万四千余英尺的瑞尼尔山峰清清楚楚地浮现在天空中,山巅终年积雪,那样子很像日本的富士山,而其悬在半空的样子又有一点像是由我们的岳阳楼之遥望君山。西窗外,则有两棵大树骈立,一棵是杉,一棵是枫,根干相距约有十英尺,枝叶则纠结交叉,相依相偎如为一体。两棵树都高约五丈,虽非参天古木,亦甚庄严壮观。尤其是那株枫树,正矗立在我窗前,夕阳西下,几缕阳光从树叶隙处横射过来,把斑斓的叶影筛到窗幕上面。窗外的树,窗内的人,朝夕相对,默然无语。

枫树的种类很多,据说在一百五十种以上。我们这棵枫树是最普通的一种,自阿拉斯加至南加州一带无处无之,是属于大叶枫的一类。叶厚而大,风过飒飒作响,所以此字从木从风。能制枫糖的是属于另外一种。"霜叶红于二月花"的则又是一种。

我们中国诗人所常吟咏的是丹枫，又名霜枫，亦谓江枫。张继的《枫桥夜泊》中的"月落乌啼霜满天，江枫渔火对愁眠"，以及刘季游的《登天柱冈诗》中的"我行谁与报江枫，旋摆旌旗一路红"，都是有名的诗句。其实，红叶不限于枫，凡是树根吸取土中糖分过多，骤遇霜寒即起化学作用而呈红色，既非红颜娇艳取悦于人，亦非以憔悴病容惹人怜惜。落叶乔木，到了季节，叶子总要变色脱落的。西雅图植物园里枫树很多，入秋红叶缤纷，有人认为景色甚美，我驱车往观，只是有一股萧瑟肃杀之气使人不快。我们这棵枫树，叶子不变红，变黄，一夜北风寒，黄叶纷纷落。我曾有好几个秋季给它扫除落叶。接连十天八天，叶子扫不尽。一早起来，就发现很厚的一层黄叶遮盖了一大块草地。我用大竹篾做的耙子，用力地耙拢成堆，装进小车，送往院角落处的一只大木箱，让它腐烂成堆肥。从土壤里来的东西还让它回到土里去。扫叶工作相当累人，使人遍体生温，和龚半千①扫叶楼的情景不大相同。扫叶楼是南京名胜之一，是我于一九二六年最喜欢盘桓的一个地方。那里庭院不大，树也不大，想半千居士所扫的落叶也不过是一种情趣的象征而已。我扫枫叶乃纯粹的劳动，整理庭除，兼为运动。

---

① 即龚贤（1618—1689），又名岂贤，字半千、半亩，号野遗，又号柴丈人、钟山野老。明末清初书法家。江苏昆山人，明末曾参加复社活动，入清隐居不出。工诗文，善行草，源自米芾，不拘古法，自成一体，著有《香草堂集》。

枫树不仅落叶烦人，春天开的小花，谢后散落如雨，而且所结的果实有翅，乘风滴溜溜地到处飞扬，落到草地上、石缝里、道路边，随地萌芽生长，若不勤加拔除，不久就会成为一座枫林。《易经》说："天地变化，草木蕃。"枫树之雄厚的蕃息力量，正是自然之道。不过由萌芽而滋长，逃过多少灾难，然后才能成为一棵几丈高的大树。枫树在我们需要阴凉的时候，它给我们遮阳，到了冬天我们需要温暖的时候它又迅速地脱卸那一身的浓密大叶，只剩下干枝光干在半空寒风中张牙舞爪。它好知趣，它好可人！

《物类相感志》："岭南多枫，遇雷雨则瘿①长三五尺。"我不相信，不过枫树多瘿却是事实，而且瘿落成疤，浸假②而成窟窿，也是有之的。窟窿扩大，腐蚀了树心，形成了树穴，也很常见。我们这棵枫树就有很深的一个穴，我凭窗正好看到一两只松鼠拖着大尾巴进进出出。它用两只前爪抱着一个什么干果在咬。我们有时也喂它一点东西，它渐渐不怕人，有时候还会抓红襟鸟，有时候没有东西吃还到我们厨房后门来拍门。

但树也有旦夕祸福。我这次回到西雅图来，隔窗一望那棵枫

---

① 音同影，指机体组织受病原刺激后的局部增生，一般为囊状物，如叶瘿、线虫瘿。
② 假令，假如。

树不见了！再探头望下来，一块块的大木橛子①、大木墩子，横七竖八地陈列在木栅边。一棵树活生生地被锯成了几十段！那棵杉，孤零零地立着，它失掉了贴身的伴侣，它比我更难过。

原来是今年春天，树该发芽的时候，这棵枫树突然没有发出芽来，有气无力地在顶端冒出几片小叶。请了三位树医，各有不同的诊断。一位说是当年造房子打地基伤了树根，一位说是草地施肥杀莠使它中了毒，一位说是感染了无名的疾病。有一点三位完全同意：树已害了不治之症。善后是必须立即办理，否则碍难久立，在风雪怒号之中它会訇然②仆地③。邻居测量形势，所受威胁最大。于是三家比价，以二百五十元成交，立即伐木丁丁了。言明在先，只管锯成短橛，不管运走。木橛的最大圆周是八英尺有余，直径约二英尺半。唯一用途是当柴烧，分期予以火化。可是斧劈成柴，那工程不小，"买臣安在哉？"不知道应该怎么办，怕只好出资请人把它一块块地运走了。

现在我的窗前没有东西遮望眼，一片空虚。十年树木，只能略具规模，像这棵枫树之枝叶扶疏，如张巨盖，至少是百年以上物。然而三千大千世界，一切皆是无常，一棵树又岂是例外？"树犹如此，人何以堪？"

---

① 短木桩。
② 形容巨响声。
③ 向前跌倒在地。

放风筝

偶见街上小儿放风筝，拖着一根棉线满街跑，嬉戏为欢，状乃至乐。那所谓风筝，不过是竹篾架上糊一点纸，一尺见方，顶多底下缀着一些纸穗，其结果往往是绕挂在街旁的电线上。

常因此想起我小时候在北平放风筝的情形。我对放风筝有特殊的癖好，从孩提时起直到三四十岁，遇有机会从没有放弃过这一有趣的游戏。在北平，放风筝有一定的季节，大约总是在新年过后开春的时候为宜。这时节，风劲而稳。严冬时风很大，过于凶猛，春季过后则风又嫌微弱了。开春的时候，蔚蓝的天，风不断地吹，最好放风筝。

北平的风筝最考究。这是因为北平的有闲阶级的人多，如八旗子弟，凡属耳目声色之娱的事物都特别发展。我家住在东城，东四南大街，在内务部街与史家胡同之间有一个二郎庙，庙旁边有一爿风筝铺，铺主姓于，人称"风筝于"。他做的风筝在城里颇有小名。我家离他近，买风筝特别方便。他做的风筝，种类繁多，如肥沙雁、瘦沙雁、龙井鱼、蝴蝶、蜻蜓、鲇鱼、灯笼、白菜、蜈蚣、美人儿、八卦、蛤蟆以及其他形形色色的。鱼的眼睛是活动的，放起来滴溜溜地转，尾巴拖得很长，临风波动。蝴蝶蜻蜓的翅膀也有软的，波动起来也很好看。风筝的架子是竹制的，上面绷起高丽纸面，讲究的要用绢绸，绘制很是精致，色彩缤纷。风筝于的出品，最精彩是"提线"拴得角度准确，放起来不"打筋斗"，平平稳稳。风筝小者三尺，大者一丈以上，通常在家里玩玩有三尺到六尺就很够。新年厂甸开放，风筝摊贩也很多，品质也还可以。

放风筝的线，小风筝用棉线即可，三尺以上就要用棉线数绺捻成的"小线"，小线也有粗细之分，视需要而定。考究的要用"老弦"：取其坚牢，而且分量较轻，放起来可以扭成直线，不似小线之动辄出一圆兜。线通常绕在竹制的可旋转的"线桃子"上。讲究的是硬木制的线桃子，旋转起来特别灵活迅速。用食指打一下，桃子即转十几转，自然地把线绕上去了。

有人放风筝，尤其是较大的风筝，常到城根或其他空旷的地方去，因为那里风大，一抖就起来了。尤其是那一种特制的巨型风筝，名为"拍子"，长方形的，方方正正没有一点花样，最大的没有超过九尺。北平的住宅都有个院子，放风筝时先测定风向，要有人带起一根大竹竿，竿顶置有铁叉头或铜叉头（挂画所用的那种叉子），把风筝挑起，高高举起到房檐之上，等着风一来，一抖，风筝就飞上天去，竹竿就可以撤了，有时候风不够大，举竹竿的人还要爬上房去踞坐在房脊上面。有时候，费了不少手脚，而风姨不至，只好废然作罢。不过这种扫兴的机会并不太多。

风筝和飞机一样，在起飞的时候和着陆的时候最易失事。电线和树都是最碍事的，须善为躲避。风筝一上天，就没有事，有时候进入罡风境界，则不需用手牵着，大可以把线拴在屋柱上面，自己进屋休息，甚至拴一夜，明天再去收回。春寒料峭，在院子里久了会冻得涕泗交流，线弦有时也会把手指勒得青疼，甚至出血，是需要到屋里去休息取暖的。

风筝之"筝"字，原是一种乐器，似瑟而十三弦。所以顾名思义，风筝也是要有声响的，《询刍录》云："五代李邺于宫中作纸鸢，引线乘风为戏，后于鸢首，以竹为笛，使风入竹，声如筝鸣。"这记载是对的。不过我们在北平所放的风筝，倒不是"以竹为笛"，带响的风筝是两种，一种是带锣鼓的，一种是带弦弓的，二者兼备的当然也不是没有。所谓锣鼓，即是利用风车的原理捶打纸制的小鼓，清脆可听。弦弓的声音比较更为悦耳。有诗为证：

> 夜静弦声响碧空，
> 官商信任往来风。
> 依稀似曲才堪听，
> 又被风吹别调中。
>
> ——高骈《风筝》诗

我以为放风筝是一件颇有情趣的事。人生在世上，局促在一个小圈圈里，大概没有不想偶然远走高飞一下的。出门旅行，游山逛水，是一个办法，然亦不可常得。放风筝时，手牵着一根线，看风筝冉冉上升，然后停在高空，这时节仿佛自己也跟着风筝飞起了，俯瞰尘寰，怡然自得。我想这也许是自己想飞而不可得，一种变相的自我满足罢。春天的午后，看着天空飘着别人家放起的风筝，虽然也觉得很好玩，究不若自己手里牵着线的较为亲切，那风筝就好像是载着自己的一片心情上了天。真是的，在把风筝收回来的时候，心里泛起一种异样的感觉，好像是游罢归来，虽然不是扫兴，至少也是尽兴之后的那种疲惫状态，懒洋洋的，无话可说，从天上又回到了人间，从天上翱翔又回到匍匐地上。

放风筝还可以"送幡"（俗呼为"送饭儿"）。用铁丝圈套在风筝线上，圈上附一长纸条，在放线的时候铁丝圈和长纸条便被风吹着慢慢地滑上天去,纸幡在天空飞荡,直到抵达风筝脚下为止。在夜间还可以把一盏一盏的小红灯笼送上去,黑暗中不见风筝,只见红灯朵朵在天上游来游去。

放风筝有时也需要一点点技巧。最重要的是在放线松弛之间要控制得宜。风太劲,风筝陡然向高处跃起,左右摇晃,把线拉得绷紧,这时节一不小心风筝便会倒栽下去。栽下去不要慌,赶快把线一松,它立刻又会浮起,有时候风筝已落到视线所不能及的地方,依然可以把它挽救起来,凡事不宜操之过急,放松一步,往往可以化险为夷,放风筝亦一例也。技术差的人,看见风筝要栽筋斗,便急忙往回收,适足以加强其危险性,以至于不可收拾。风筝落在树梢上也不要紧,这时节也要把线放松,乘风势轻轻一扯便会升起,性急的人用力拉,便愈纠缠不清,直到把风筝扯碎为止。在风力弱的时候,风筝自然要下降,线成兜形,便要频频扯抖,尽量放线,然后再及时收回,一松一紧,风筝可以维持于不坠。

好斗是人的一种本能。放风筝时也可表现出战斗精神。发现邻近有风筝飘起,如果位置方向适宜,便可向它斗争。法子是设法把自己的风筝放在对方的线兜之下,然后猛然收线,风筝陡地直线上升,势必与对方的线兜交缠在一起,两只风筝都摇摇欲坠,双方都急于向回扯线,这时候就要看谁的线粗,谁的手快,谁的地势优了。优胜的一方面可以扯回自己的风筝,外加一只俘虏,可能还有一段线。我在一季之中,时常可以俘获四五只风筝。把俘获的风筝放起,心里特别高兴,好像是在炫耀自己的胜利品,可是有时候战斗失利,自己的风筝被俘,过一两天看着自己的风筝在天空飘荡,那便又是一种滋味了。这种斗争并无伤于睦邻之道,这是一种游戏,不发生侵犯领空的问题。并且风筝也只好玩一季,没有人肯玩隔年的风筝。迷信说隔年的风筝不吉利,这也许是卖风筝的人造的谣言。

忆青岛

"上有天堂，下有苏杭。"天堂我尚未去过。《启示录》所描写的"从天上上帝那里降下来的圣城耶路撒冷，那城充满着上帝的荣光，闪烁像碧玉宝石，光洁像水晶"。城墙是碧玉造的，城门是珍珠造的，街道是纯金的。珠光宝气，未能免俗。真不想去。新的耶路撒冷是这样的，天堂本身如何，可想而知。至于苏杭，余生也晚，没赶上当年的旖旎风光。我知道苏州有一个顽石点头的地方，有亭台楼阁之胜，纲师渔隐，拙政灌园，均足令人向往。可是想到一条河里同时有人淘米洗锅刷马桶，不禁胆寒。杭州是白傅留诗苏公判牍的地方，荷花十里，桂子三秋，曾经一度被人当作汴州。如今只见红男绿女游人如织，谁有心情看浓汝淡抹的山色空蒙。所以苏杭对我也没有多少号召力。

我曾梦想，如果有朝一日，可以安然退休，总要找一个比较舒适安逸的地点去居住。我不是不知道随遇而安的道理。

> 树下一卷诗，
> 一壶酒，一条面包——
> 荒漠中还有你在我身边歌唱——
> 啊，荒漠也就是天堂！

这只是说说罢了。荒漠不可能长久地变成天堂。我不存幻想，只想寻找一个比较能长久的居之安的所在。我是北平人，从不以北平为理想的地方。北平从繁华而破落，从高雅而庸俗、而恶劣，几经沧桑，早已无复旧观。我虽然足迹不广，但北自辽东，南至百粤，也走过了十几省，窃以为真正令人流连不忍去的地方应推青岛。

青岛位于东海之滨，在胶州湾之入口处，背山面海，形势天成。光绪二十三年（一八九七）德国强租胶州湾，辟青岛为市场，大事建设。直到如今，青岛的外貌仍有德国人的痕迹。例如房屋建筑，屋顶一律使用红瓦片，山坡起伏绿树葱茏之间，红绿掩映，饶有情趣。民国三年①青岛又被日本夺占，民国十一年②才得收回。尔后虽然被几个军阀盘据，表面上没有遭到什么破坏。当初建设的根柢牢固，就是要糟蹋一时也糟蹋不了。青岛的

---

① 即一九一四年。
② 即一九二二年。

整齐清洁的市容一直维持了下来。我想在全国各都市里，青岛是最干净的一个。"无风三尺土，有雨一街泥"的北平不能比。

青岛的天气属于大陆气候，但是有海湾的潮流调剂，四季的变化相当温和。称得上是"春有百花秋有月，夏有凉风冬有雪"的好地方。冬天也有过雪，但是很少见，屋里面无需升火不会结冰。夏天的凉风习习，秋季的天高气爽，都是令人喜的，而春季的百花齐放，更是美不胜收。樱花我并不喜欢，虽然第一公园里整条街的两边都是樱花树，繁花如簇，一片花海，游人摩肩接踵，蜜蜂嗡嗡之声震耳，可是花没有香气，没有姿态。樱花是日本的国花，日本和我们有血海深仇，花树无辜，但是我不能不连带着对它有几分憎恶！我喜欢的是公园里培养的那一大片娇艳欲滴的西府海棠。杜甫诗里没有提起过它，历代诗人词人歌咏赞叹它的不在少数。上清宫的牡丹高与檐齐，别处没有见过，山野有此丽质，没有人嫌它有富贵气。

推开北窗，有一层层的青山在望。不远的一个小丘有一座楼阁矗立，像堡垒似的，有俯瞰全市傲视群山之势，人称总督府，是从前德国总督的官邸，平民是不敢近的，青岛收回之后作为冠盖往来的饮宴之地，平民还是不能进去的（听说后来有时候也偶尔开放）。里面是什么样子我不知道，也不想知道。还有人说里面闹鬼。反正这座建筑物，尽管相当雄伟，不给人以愉快的印象，因为它带给我们耻辱的回忆。其实青岛本身没有高山峻岭，邻近的劳山，亦作崂山，又称牢山，却是峻峥巉险，为海滨一大名胜。读《聊斋志异》劳山道士，早已心向往之，以为至少那是一些奇人异士栖息之所。由青岛驱车至九水，就是山麓，清流汩汩，到此尘虑全消。舍车扶策步行上山，仰视峰嶝，但见参嵯翳日，大块的青石陡峭如削，绝似山水画中之大斧劈的皴法，而且牛山濯濯，没有什么迎客松五老松之类的点缀，所以显得十分荒野。有人说这样的名山而没有古迹岂不可惜，我说请看随便哪一块巍巍的巨岩不是大自然千百万年锤炼而成，怎能说没有古迹？几小时的登陟，到了黑龙潭观瀑亭，已经疲不能兴。其他胜境如清风岭碧落岩，则只好留俟异日。游山逛水，非徒乘兴，也须有济胜之具才成。

青岛之美不在山而在水。汇泉的海滩宽广而水浅，坡度缓，作为浴场据说是东亚第一。每当夏季，游客蜂拥而至，一个个一双双的玉体横陈，在阳光下干晒，晒得两面焦，扑通一声下水，冲凉了再晒。其中有佳丽，也有老丑。玩得最尽兴的莫过于夫妻俩携带着小儿女阖第光临。小孩子携带着小铲子小耙子小水桶，在沙滩上玩沙土，好像没个够。在这万头攒动的沙滩上玩腻了，缓步踱到水族馆，水族固有可观，更妙的是下面岩石缝里有潮水冲积的小水坑，其中小动物很多。如寄生蟹，英文叫hermitcrab，顶着螺蛳壳乱跑，煞是好玩。又如小型水母，像一把伞似的一张一阖，全身透明。孩子们利用他们的小工具可以罗掘一小桶，带回家去倒在玻璃缸里玩，比大人玩热带鱼还兴致高。如果还有余勇可贾，不妨到栈桥上走一遭。桥尽头处有一个八角亭，额曰回澜阁。在那里观壮阔之波澜，当大王之雄风，也是一大快事。

汇泉在冬天是被遗弃的，却也别有风致。在一个隆冬里，我有一回偕友在汇泉闲步，在沙滩上走着走着累了，便倒在沙上晒太阳，和风吹着我们的脸。整个沙滩属于我们，没有旁人，最后来了一个老人向我们兜售他举着的冰糖葫芦。我们在近处一家餐厅用膳，还喝了两杯古拉索（柑香酒）。尽一日欢，永不能忘。

汇泉冬夜涨潮时，潮水冲上沙滩又急遽地消退，轰隆呜咽，往复不已。我有一个朋友赁居汇泉尽头，出户不数步就是沙滩，夜闻涛声不能入眠，匆匆移去。我想他也许没有想到，那就是观音说教的海潮音，乃觌面失之。

说来惭愧，"饮食之人"无论到了什么地方总是不能忘情口腹之欲。青岛好吃的东西很多。牛肉最好，销行国内外。德国人佛劳塞尔在中山路开一餐馆，所制牛排我认为是国内第一。厚厚大大的一块牛排，煎得外焦里嫩，切开之后里面微有血丝。

牛排上面覆以一枚嫩嫩的荷包蛋，外加几根炸番薯。这样的一份牛排，要两元钱，佐以生啤酒一大杯，依稀可以领略樊哙饮酒切肉之豪兴。内行人说，食牛肉要在星期三四，因为周末屠宰，牛肉筋脉尚生硬，冷藏数日则软硬恰到好处。佛劳塞尔店主善饮，我在一餐之间看他在酒桶之前走来走去，每经酒桶即取饮一杯，不下七八杯之数，无怪他大腹便便，如酒桶然。这是五十年前旧话，如今这个餐馆原址闻已变成邮局，佛劳塞尔如果尚在人间当在百龄以上。

青岛的海鲜也很齐备。像蚶、蛤、牡蛎、虾、蟹以及各种鱼类应有尽有。西施舌不但味鲜，名字也起得妙，不过一定要不惜工本，除去不大雅观的部分，专取其洁白细嫩的一块小肉，加以烹制，才无负于其美名，否则就近于唐突西施了。以清汤氽煮为上，不宜油煎爆炒。顺兴楼最善烹制此味，远在闽浙一带的餐馆以上。我曾在大雅沟菜市场以六元市得鲥鱼一尾，长二尺半有奇，小口细鳞，似才出水不久，归而斩成几段，阖家饱食数餐，其味之腴美，从未曾有。菜蔬方面隽品亦多。蒲菜是自古以来的美味，《诗经》所说"其蔌维何，维笋及蒲"，蒲的嫩芽极细致清脆。青岛的蒲菜好像特别粗壮，以做羹汤最为爽口。再就是附近潍县的大葱，粗壮如甘蔗，细嫩多汁。一日，有客从远道来，止于寒舍，唯索烙饼大葱，他非所欲。乃如命以大葱进，切成段段，如甘蔗状，堆满大大一盘。客食之尽，谓乃平生未有之满足。青岛一带的白菜远销上海，短粗肥壮而质地细嫩。一般人称之为山东白菜。古人所称道的"春韭秋菘"，菘就是这大白菜。白菜各地皆有，种类不一，以山东白菜为最佳。

青岛不产水果，但是山东半岛许多名产以青岛为集散地。例如莱阳梨。此梨产在莱阳的五龙河畔，因沙地肥沃，故品质特佳。外表不好看。皮又粗糙，但其细嫩酥脆甜而多浆，绝无渣滓，美得令人难以相信。大的每个重十台两以上。再如肥城桃，皮破则汁流，真正是所谓水蜜桃，海内无其匹，吃一个抵得半饱。今之人多喜怀乡，动辄曰吾乡之梨如何，吾乡之桃如何，其夸张心理可以理解。但如食之以莱阳梨、肥城桃，两相比较，恐将哑然失笑。他①如烟台之香蕉、苹果、玫瑰、葡萄，也是青岛市面上常见的上品。

一般山东人的特性是外表倔强豪迈，内心敦厚温和。宦场中人，大部分肉食者鄙，各地皆然，固无足论。观风问俗，宜对庶民着眼。青岛民风淳厚，每于细民中见之。我初到青岛，看到人力车夫从不计较车资，乘客下车一律付与一角，路程远则付二角，无争论者。这是全国所没有的现象。有人说这是德国人留下的无形的制度，无论如何这种作风能维持很久便是难能可贵。青

---

① 意为其他。

岛市面上绝少讨价还价的恶习。虽然小事一端，代表意义很大。无怪乎有人感叹，齐鲁本是圣人之邦，青岛焉能不绍其余绪？

我家里请了一位厨司老张，他是一位异人。他的手艺不错，蒸馒头，烧牛尾，都很擅长。每晚膳事完毕，沐浴更衣外出，夜深始返。我看他面色苍白削瘦，疑其吸毒涉赌。我每日给他菜钱二元，有时候他只飨我以白菜豆腐之类，勉强可以果腹而已。我问他何以至此，他惨笑不答。过几天忽然大鱼大肉罗列满桌，俨若筵席，我又问其所以，他仍微笑不语。我懂了，一定是昨晚赌场大赢。几番钉问之后，他最后迸出这样的一句："这就是一点良心！"

我赁屋于鱼山路七号，房主王君乃铁路局职员，以其薄薪多年积蓄成此小筑。我于租满前三个月退租离去，仍依约付足全年租赁，王君坚不肯收，争执不已，声达户外。有人叹曰："此君子国也。"

我在青岛居住四年，往事如烟。如今隔了半个世纪，人事全非，山川有异。悬想可以久居之地，乃成为缥缈之乡！噫！

北平的冬天

说起冬天，不寒而栗。

我是在北平长大的。北平冬天好冷。过中秋不久，家里就忙着过冬的准备，作"冬防"。阴历十月初一屋里就要生火，煤球、硬煤、柴火都要早早打点。摇煤球是一件大事，一串骆驼驮着一袋袋的煤末子到家门口，煤黑子把煤末子背进门，倒在东院里，堆成好高的一大堆。然后等着大晴天，三五个煤黑子带着筛子、耙子、铲子、两爪钩子就来了，头上包块布，腰间褡布上插一根短粗的旱烟袋。煤黑子摇煤球的那一套手艺真不含糊。煤末子摊在地上，中间做个坑，好倒水，再加预先备好的黄土，两个大汉就搅拌起来。搅拌好了就把烂泥一般的煤末子平铺在空地上，做成一大块蛋糕似的，用铲子拍得平平的，光溜溜的，约一丈见方。这时节煤黑子已经满身大汗，脸上一条条黑汗水淌了下来，该坐下休息抽烟了。休息毕，煤末子稍稍干凝，便用铲子在上面横切竖切，切成小方块，像厨师切菜切萝卜一般手法伶俐。

然后坐下来，地上倒扣一个小花盆，把筛子放在花盆上，另一人把切成方块的煤末子铲进筛子，便开始摇了，就像摇元宵一样，慢慢地把方块摇成煤球。然后摊在地上晒。一筛一筛地摇，一筛一筛地晒。好辛苦的工作，孩子在一边看，觉得好有趣。

万一天色变，雨欲来，煤黑子还得赶来收拾，归拢归拢，盖上点什么，否则煤被雨水冲走，前功尽弃了。这一切他都乐为之，多开发一点酒钱便可。等到完全晒干，他还要再来收煤，才算完满，明年再见。

煤黑子实在很苦，好像大家并不寄予多少同情。从日出做到日落，疲乏地回家途中，遇见几个顽皮的野孩子，还不免听到孩子们唱着歌谣嘲笑他：

煤黑子，
打算盘，
你妈洗脚我看见！

我那时候年纪小，好久好久都没有能明白为什么洗脚不可以令人看见。

煤球儿是为厨房大灶和各处小白炉子用的，就是再穷苦不过的人家也不能不预先储备。有"洋炉子"的人家当然要储备的还有大块的红煤白煤,那也是要砸碎了才能用,也需一番劳力的。南方来的朋友们看到北平家家户户忙"冬防",觉得奇怪,他不知道北平冬天的厉害。

一夜北风寒,大雪纷纷落,那景致有得瞧的。但是有几个人能有谢道韫女士那样从容吟雪的福分。所有的人都被那砭人肌肤的朔风吹得缩头缩脑,各自忙着做各自的事。我小时候上学,背的书包倒不太重,只是要带墨盒很伤脑筋,必须平平稳稳地拿着,否则墨汁要洒漏出来,不堪设想。有几天还要带写英文字的蓝墨水瓶,更加恼人了。如果伸手提携墨盒墨水瓶,手会冻僵。手套没有用。我大姊给我用绒绳织了两个网子,一装墨盒,一装墨水瓶,同时给我做了一副棉手筒,两手伸进筒内,提着从一个小孔塞进的网绳,于是两手不暴露在外而可提携墨盒墨水瓶了。饶是如此,手指关节还是冻得红肿,作奇痒。脚后跟生冻疮更是稀松平常的事。临睡时母亲为我们备热水烫脚,然后钻进被窝,这才觉得一日之中尚有温暖存在。

北平的冬景不好看吗?那倒也不。大清早,榆树顶的干枝上经常落着几只乌鸦,"呱呱"地叫个不停,好一幅古木寒鸦图!但是远不及西安城里的乌鸦多。北平喜鹊好像不少,在屋檐房脊上"吱吱喳喳"地叫,翘着的尾巴倒是很好看的,有人说它是来报喜,我不知喜自何来。麻雀很多,可是竖起羽毛像披蓑衣一般,在地面上蹦蹦跳跳地觅食,一副可怜相。不知什么人放鸽子,一队鸽子划空而过,盘旋又盘旋,白羽衬青天,哨子忽忽响。又不知是哪一家放风筝,沙雁蝴蝶龙晴鱼,弦弓上还带着锣鼓。隆冬之中也还点缀着一些情趣。

过新年是冬天生活的高潮。家家贴春联、放鞭炮、煮饺子、接财神。其实是孩子们狂欢的季节,换新衣裳、磕头、逛厂甸儿,流着鼻涕举着琉璃喇叭大沙雁儿。五六尺长的大糖葫芦糖稀上沾着一层尘沙。北平的尘沙来头大,是从蒙古戈壁大沙漠刮来的,来时真是胡尘涨宇,八表同昏。脖领里、鼻孔里、牙缝里,无往不是沙尘,这才是真正的北平冬天的标志。愚夫愚妇们忙着逛财神庙,白云观去会神仙,甚至赶妙峰山进头炷香,事实上无非是在泥泞沙尘中打滚而已。

在北平,裘马轻狂的人固然不少,但是极大多数的人到了冬天都是穿着粗笨臃肿的大棉袍、棉裤、棉袄、棉袍、棉背心、棉套裤、棉风帽、棉毛窝、棉手套。穿丝棉的是例外。至若拉洋车的、挑水的、掏粪的、换洋取灯儿的、换肥子儿的、抓空儿的、打鼓儿的……哪一个不是衣裳单薄,在寒风里打战?在北平的冬天,一眼望出去,几乎到处是萧瑟贫寒的景象,无须走向粥厂门前才能体会到什么叫作饥寒交迫的境况。北平是大地方,从前是辇毂所在，后来也是首善之区，但也是"朱门酒肉臭，路有冻死骨"的地方。

北平冷，其实有比北平更冷的地方。我在沈阳度过两个冬天。房屋双层玻璃窗，外层凝聚着冰雪，内层若是打开一个小孔，冷气就逼人而来。马路上一层冰一层雪，又一层冰一层雪，我有一次去赴宴，在路上连跌了两跤，大家认为那是寻常事。可是也不容易跌断腿，衣服穿得多。一位老友来看我，觌面不相识，因为他的眉毛须发全都结了霜！街上看不到一个女人走路。路灯电线上踞着一排鸦雀之类的鸟，一声不响，缩着脖子发呆，冷得连叫的力气都没有。更北的地方如黑龙江，一定冷得更有可观。北平比较起来不算顶冷了。

冬天实在是很可怕。诗人说："如果冬天来到，春天还会远吗？"但愿如此。

辑三

在生活中享受自在：
花看半开，酒饮微醺

《菜根谭》所谓"花看半开，酒饮微醺"的趣味，才是最令人低徊的境界。

——梁实秋

旅行

我们中国人是最怕旅行的一个民族。闹饥荒的时候都不肯轻易逃荒,宁愿在家乡吃青草啃树皮吞观音土,生怕离乡背井之后,在旅行中流为饿殍,失掉最后的权益——寿终正寝。至于席丰履厚的人更不愿轻举妄动,墙上挂一张图画,看看就可以当"卧游",所谓"一动不如一静"。说穿了"太阳下没有新鲜事物"。号称山川形胜,还不是几堆石头一汪子水?我记得做小学生的时候,郊外踏青,是一桩心跳的事,多早就筹备,起个大早,排成队伍,擎着校旗,鼓乐前导,事后下星期还得作一篇《远足记》,才算功德圆满。旅行一次是如此的庄严!我的外祖母,一生住在杭州城内,八十多岁,没有逛过一次西湖,最后总算去了一次,但是自己不能行走,抬到了西湖,就没有再回来——葬在湖边山上。

古人云,"一生能着几两屐?"这是劝人及时行乐,莫怕多费几双鞋。但是旅行果然是一桩乐事吗?其中是否含着有多少苦恼的成分呢?

出门要带行李,那一个几十斤重的五花大绑的铺盖卷儿便是旅行者的第一道难关。要捆得紧,要捆得俏,要四四方方,要见棱见角,与稀松露馅的大包袱要迥异其趣,这已经就不是一个手无缚鸡之力的人所能胜任的了。关卡上偏有好奇人要打开看看,看完之后便很难得再复原。"乘兴而来,兴尽而返。"很多人在打完铺盖卷儿之后就觉得游兴已尽了。在某些国度里,旅行是不需要携带铺盖的,好像凡是有床的地方就有被褥,有被褥的地方就有随时洗换的被单,——旅客可以无牵无挂,不必像蜗牛似的顶着安身的家伙走路。携带铺盖究竟还容易办得到,但是没听说过带着床旅行的,天下的床很少没有臭虫设备的。我很怀疑一个人于整夜输血之后,第二天还有多少精神游山逛水。我有一个朋友发明了一种服装,按着他的头躯四肢的尺寸做了一件天衣无缝的睡衣,人钻在睡衣里面,只留眼前两个窟窿,和外界完全隔绝,——只是那样子有些像是KKK①,夜晚出来曾经几乎吓死一个人!

原始的交通工具,并不足为旅客之苦。我觉得"滑竿""架子车"都比飞机有趣,"御风而行,泠然善也",那是神仙生

---

① 美国最悠久、最庞大的恐怖主义组织。

涯。在尘世旅行，还是以脚能着地为原则。我们要看朵朵的白云，但并不想在云隙里钻出钻进；我们要"横看成岭侧成峰，远近高低各不同"，但并不想把世界缩小成假山石一般玩物似的来欣赏。我惋惜米尔顿①所称述的中土有"挂帆之车"尚不曾坐过。交通工具之原始不是病，病在于舟车之不易得，车夫舟子之不易缠，"衣帽自看"固不待言，还要提防青纱帐起。刘伶"死便埋我"，也不是准备横死。

旅行虽然夹杂着苦恼，究竟有很大的乐趣在。旅行是一种逃避，——逃避人间的丑恶。"大隐藏人海"，我们不是大隐，在人海里藏不住。岂但人海里安不得身？在家园也不容易遁迹。成年地圈在四合房里，不必仰屋就要兴叹；成年地看着家里的那一张脸，不必牛衣也要对泣。家里面所能看见的那一块青天，只有那么一大块。取之不尽用之不竭的清风明月，在家里都不能充分享用，要放风筝需要举着竹竿爬上房脊，要看日升月落需要左右邻居没有遮拦。走在街上，熙熙攘攘，磕头碰脑的不是人面兽，就是可怜虫。在这种情形之下，我们虽无勇气披发入山，至少为什么不带着一把牙刷捆起铺盖出去旅行几天呢？在旅行中，少不了风吹雨打，然后倦飞知还，觉得"在家千日好，出门一时

---

① 今译弥尔顿，即约翰·弥尔顿（1608—1674），英国十七世纪著名诗人、政论家，代表作有《失乐园》《复乐园》《力士参孙》。

难"，这样便可以把那不可容忍的家变成为暂时可以容忍的了。下次忍耐不住的时候，再出去旅行一次。如此地折腾几回，这一生也就差不多了。

旅行中没有不感觉枯寂的，枯寂也是一种趣味。哈兹利特（Hazlitt）主张在旅行时不要伴侣，因为："如果你说路那边的一片豆田有股香味，你的伴侣也许闻不见。如果你指着远处的一件东西，你的伴侣也许是近视的，还得戴上眼镜看。"一个不合意的伴侣，当然是累赘。但是人是个奇怪的动物，人太多了嫌闹，没人陪着嫌闷。耳边嘈杂怕吵，整天咕嘟着嘴又怕口臭。旅行是享受清福的时候，但是也还想拉上个伴。只有神仙和野兽才受得住孤独。在社会里我们觉得面目可憎、语言无味的人居多，避之唯恐或晚，在大自然里又觉得人与人之间是亲切的。到美国落矶山上旅行过的人告诉我，在山上若是遇见另一个旅客，不分男女老幼，一律脱帽招呼，寒暄一两句。这是很有意味的一个习惯。大概只有在旷野里我们才容易感觉到人与人是属于一门一类的动物，平常我们太注意人与人的差别了。

真正理想的伴侣是不易得的，客厅里的好朋友不见得即是旅行的好伴侣，理想的伴侣须具备许多条件，不能太脏，如嵇叔夜"头面常一月十五日不洗，不太闷痒不能沐"，也不能有洁癖，什么东西都要用火酒揩，不能如泥塑木雕，如死鱼之不张嘴，也不能终日喋喋不休,整夜鼾声不已;不能油头滑脑,也不能蠢头呆脑,要有说有笑,有动有静,静时能一声不响地陪着你看行云,听夜雨,动时能在草地上打滚像一条活鱼!这样的伴侣哪里去找?

下棋

有一种人我最不喜欢和他下棋，那便是太有涵养的人。杀死他一大块，或是抽了他一个车，他神色自若，不动火，不生气，好像是无关痛痒，使你觉得索然寡味。君子无所争，下棋却是要争的。当你给对方一个严重威胁的时候，对方的头上青筋暴露，黄豆般的汗珠一颗颗地在额上陈列出来，或哭丧着脸作惨笑，或咕嘟着嘴作吃屎状，或抓耳挠腮，或大叫一声，或长吁短叹，或自怨自艾口中念念有词，或一串串地噎嗝打个不休，或红头涨脸如关公，种种现象，不一而足，这时节你"行有余力"便可以点起一支烟，或啜一碗茶，静静地欣赏对方的苦闷的象征。我想猎人因逐一只野兔的时候，其愉快大概略相仿佛。因此我悟出一点道理，和人下棋的时候，如果有机会使对方受窘，当然无所不用其极，如果被对方所窘，便努力做出不介意状，因为既然不能积极地给对方以苦痛，只好消极地减少对方的乐趣。

自古博弈并称，全是属于赌的一类，而且只是比"饱食终日无所用心"略胜一筹而已。不过弈虽小术，亦可以观人，相传有慢性人，见对方走当头炮，便左思右想，不知是跳左边的马好，还是跳右边的马好，想了半个钟头而迟迟不决，急得对方拱手认输。是有这样的慢性人，每一着都要考虑，而且是加慢的考虑，我常想这种人如加入龟兔竞赛，也必定可以获胜。也有性急的人，下棋如赛跑，噼噼啪啪，草草了事，这仍旧是饱食终日无所用心的一贯作风。下棋不能无争，争的范围有大有小，有斤斤计较而因小失大者，有不拘小节而眼观全局者，有短兵相接作生死斗者，有各自为战而旗鼓相当者，有赶尽杀绝一步不让者，有好勇斗狠同归于尽者，有一面下棋一面诮骂者，但最不幸的是争的范围超出了棋盘，而拳足交加。有下象棋者，久而无声音，排闼视之，阒不见人，原来他们是在门后角里扭作一团，一个人骑在另一个人的身上，在他的口里挖车呢。被挖者不敢出声，出声则口张，口张则车被挖回，挖回则必悔棋，悔棋则不得胜，这种认真的态度憨得可爱。我曾见过二人手谈，起先是坐着，神情潇洒，望之如神仙中人，俄而棋势吃紧，两人都站起来了，剑拔弩张，如斗鹌鹑，最后到了生死关头，两个人跳到桌子上去了！

笠翁《闲情偶寄》说弈棋不如观棋，因观者无得失心，观棋是有趣的事，如看斗牛、斗鸡、斗蟋蟀一般，但是观棋也有难过处，观棋不语是一种痛苦。喉间硬是痒得出奇，思一吐为快。看见一个人要入陷阱而不作声是几乎不可能的事，如果说得中肯，其中一个人要厌恨你，暗暗地骂你一声"多嘴驴！"另一个人也不感激你，心想"难道我还不晓得这样走！"如果说得不中肯，两个人要一齐嗤之以鼻，"无见识奴！"如果根本不说，憋在心里，受病。所以有人于挨了一个耳光之后还要抚着热辣辣的嘴巴大呼"要抽车，要抽车！"

下棋只是为了消遣，其所以能使这样多人嗜此不疲者，是因为它颇合人类好斗的本能，这是一种"斗智不斗力"的游戏。所以瓜棚豆架之下，与世无争的村夫野老不免一枰相对，消此永昼；闹市茶寮之中，常有有闲阶级的人士下棋消遣，"不为无益之事，何以遣此有涯之生？"宦海里翻过身最后退隐东山的大人先生们，髀肉复生，而英雄无用武之地，也只好闲来对弈，了此残生，下棋全是"剩余精力"的发泄。人总是要斗的，总是要钩心斗角地和人争逐的。与其和人争权夺利，还不如在棋盘上抽上一车。宋人笔记曾载有一段故事："李讷仆射，性卞急，酷好弈棋，每下子安祥，极于宽缓，往往躁怒作，家人辈则密以弈具陈于前，讷睹，便忻然改容，以取其子布弄，都忘其恚矣。"（《南部新书》）下棋，有没有这样陶冶性情之功，我不敢说，不过有人下起棋来确实是把性命都可置诸度外。我有两个朋友下棋，警报作，不动声色，俄而弹落，棋子被震得在盘上跳荡，屋瓦乱飞，其中棋瘾较小者变色而起，被对方一把拉住："你走！那就算是你输了。"此公深得棋中之趣。

喜筵

清梁晋竹《两般秋雨庵随笔》有这样一段：

湖南麻阳县，某镇，凡红白事，戚友不送套礼，只送份金，始于一钱而极于七钱，盖一阳之数也。主人必设宴相待，一钱者食一菜，三钱者三菜，五钱者遍殽①，七钱者加簋②。故宾客虽一时满堂，少选，一菜进，则堂隅有人击小钲③而高唱曰："一钱之客请退！"于是纷然而散者若干人。三菜进，则又唱："三钱之客请退！"于是纷然而散者又若干人。五钱以上不击，而客已寥寥矣。

我初看几乎不敢相信有此等事。"夫礼，禁乱之所由

---

① 古同肴，意为鱼、肉等荤菜。
② 音同轨，古代盛食物的器具，圆口，两耳。
③ 音同征，古代击乐器。青铜制成，形似倒置铜钟，可执柄敲击。

生。"①所以我们礼仪之邦最重礼防。"名位不同，礼亦异数。"②所以礼数亦不能人人平等。但是麻阳县某镇安排喜筵的方式，纵然秩序井然，公平交易，那一钱、三钱之客奉命退席，究竟脸上无光，心中难免惭恶③，就是五钱、七钱之客，怕也未必觉得坦然。乡曲陋俗，不足为训。我后来遇到一位朋友，他来自江苏江阴乡下，据他说他的家乡之治喜筵亦大致如此，不过略有改良。喜筵备齐之后，司仪高声喊叫："一元的客人入席！"一批人纷纷就座，本来菜数简单，一时风卷残云，鼓腹而退。随后布置停当，二元的客人大摇大摆地应声入席。最后是三元、四元的客人入座，那就是贵宾了。这分批入座的办法，比分别退席的办法要稍体面一些。

我小时候在北平也见过不少大张喜筵的局面④。喜庆丧事往来，家家都有个礼簿。投桃报李，自有往例可循。簿上未列记录者，彼此根本不需理会。礼簿上分别注明，"过堂客"与"不过堂客"，堂客即是女眷之谓。所以永远不会有出人意料的阖第光临⑤之事发生。送礼大概不外份金与席票二种。所谓席票，即

---

① 出自《礼记》，意为礼可以用来消除祸乱的根源。
② 出自《左传》，意为不同身份、地位的人，礼数也就不能一样。
③ 意为羞惭。
④ 意为场面。
⑤ 阖第，全家。光临，对客人来临的敬辞。旧时用于邀请客人全家参加宴会或喜庆仪式的客套话。

是饭庄的礼券,最少两元,最多六元、八元不等。这种礼券当然可以随时兑取筵席,不过大部分的人都是把它收藏起来,将来转送出去。有时候送来送去,饭庄或者早已歇业。有时候持票兑取筵席,业者会报以白眼。北平的餐馆业分两种:一种是饭馆,大小不一,口味各异,乃普通饮宴之处;一种是饭庄,比较大亦比较旧,一律是山东菜,例如福寿堂、庆寿堂、天福堂,等等;通常是称堂,有宽大的院落,甚至还有戏台。办红白事的人家可以借用其地,如果自己家里宽绰,也可令饭庄外会承办酒席。那时候用的是八仙桌,二人条凳,一桌坐六个人,因为有一面是敞着的,为的是便利主人敬酒、堂倌上菜。有时人多座少,也可以临时添个条凳打横。男女分座,男的那边固然是杯盘狼藉、叫嚣震天,女的那边也不示弱,另有一番热闹。席上的菜数不外是四干、四鲜、四冷荤、四盘、四碗、四大件。大量生产的酒席,按说没有细活,一定偷工减料,但是不,上等饭庄的师傅们驾轻就熟,老于此道,普普通通的烩虾仁、溜鱼片、南煎丸子、烩两鸡丝……做得有滋有味,无懈可击。四大件一上桌,扒烂肘子、黄焖鸭子之类,可以把每个人都喂得嘴角流油。堂客就席,比较斯文,虽然她的颔下照例都挂上一块精致美观的围巾,像小儿的涎布一样,好像来者不善的样子,其实都很彬彬有礼。只是每位堂客身后照例有一位健仆,三河县的老妈儿,个个见多识广,眼明手快,主人敬酒之后,客人不动声色,老妈儿立刻采取行动,四干四鲜登时就如放抢一般抓进预备好的口袋,手法利落,疾如鹰隼。那时尚无塑胶袋之类，否则连汤连水的东西一齐可以纳入怀内。这一阵骚动之后，正菜上桌，老妈各为其主，代为夹菜，每人面前碟子乱七八糟地堆成一个小丘，同时还有多礼的客人相互布菜。扒烂肘子、黄焖鸭之类的大块文章，上桌亮相几秒钟就会被堂倌撤下，扬言代客拆碎，其实是换上一盘碎拼的剩菜充数，这是主人与饭庄预先约定的一着。如果运气好，一盘原装大菜可以亮相好几次。假如客人恶作剧，不容分说，对准了鸭子、肘子就是一筷子，主人也没有办法，只好暗道苦也苦也。

如今办喜事的又是一番气象。喜帖满天飞，按照职员录、同学录照抄不误，所以喜筵动辄二三十桌。我常看见客人站在收礼台前从荷包里抽出一沓钞票，一五一十地数着，往台上一丢，心安理得地进去吃喜酒了，连红封包裹的一层手续也省却了。好简便的一场交易。

前面正中有一桌，铺着一块红桌布，大家最好躲远一些。礼成之后，观众入席，事实上大批观众早已入席，有的是熟人旧识呼朋引类霸占一方，有的是各色人等杂拼硬凑。那红桌布是为新郎新娘而设，高据首座，家长与证婚人等则末座相陪。长幼尊卑之序此时无效。新娘是不吃东西的，象征性的进食亦偶尔一见。她不久就要离座，到后台去换行头，忽而红装，遍体锦绣，忽而绿袄，浑身亮片，足折腾一气，一鼓作气，再而衰，三而竭，换上三套衣服之后来源竭矣。客人忙着吃喝，难得有人肯停下箸子瞥她一眼。那几套衣服恐怕此生此世永远不会再见天日。时装展览之后，新娘新郎又忙着逐桌敬酒，酒壶里也许装的是茶，没有人问，绕场一匝，虚应故事。可是这时节，客人有机会仔细瞻仰新人的风采，新娘的脸上敷了多厚的一层粉，眼窝涂得是否像是黑煤球，大家心里有数了。这时候，喜筵已近尾声，尽管鱼虾之类已接近败坏的程度，每桌上总有几位嗅觉不大灵敏而又有不择食的美德。只要不集体中毒，喜筵就算是十分顺利了。

吃相

一位外国朋友告诉我，他旅游西南某地的时候，偶于餐馆进食，忽闻壁板砰砰作响，其声清脆，密集如联珠炮，向人打听才知道是邻座食客正在大啖其糖醋排骨。这一道菜是这餐馆的拿手菜，顾客欣赏这个美味之余，顺嘴把骨头往旁边喷吐，你也吐，我也吐，所以把壁板打得叮叮响。不但顾客为之快意，店主人听了也觉得脸上光彩，认为这是大家为他捧场。这位外国朋友问我这是不是国内各地普遍的风俗，我告诉他我走过十几省还不曾遇见过这样的场面，而且当场若无壁板设备，或是顾客嘴部筋肉不够发达，此种盛况即不易发生。可是我心中暗想，天下之大，无奇不有，这样的事恐怕亦不无发生的可能。

《礼记》有"毋啮骨"之诫，大概包括啃骨头的举动在内。糖醋排骨的肉与骨是比较容易脱离的，大块的骨头上所联带着的肉若是用牙齿咬断下来，那龇牙咧嘴的样子便觉不大雅观。所以"割不正不食""席不正不食"都是对于在桌面上进膳的人而言，啃骨应该是桌底下另外一种动物所做的事。不要以为我们一部分人把排骨吐得噼啪响便断定我们的吃相不佳。各地有各地的风俗习惯。世界上至今还有不少地方是用手抓食的。听说他们是用右手取食，左手则专供做另一种肮脏的事，不可混用，可见也还注重清洁。我不知道像咖喱鸡饭一类黏糊糊儿的东西如何用手指往嘴里送。用手取食，原是古已有之的老法。罗马皇帝尼禄大宴群臣，他从一只硕大无比的烤鹅身上扯下一条大腿，手举着鼓槌，歪着脖子啃而食之，那副贪婪无厌的饕餮相我们可于想象中得之。罗马的光荣不过尔尔，等而下之不必论了。欧洲中古时代，餐桌上的刀叉是奢侈品，从十一世纪到十五世纪不曾被普遍使用，有些人自备刀叉随身携带，这种作风一直延至十八世纪还偶尔可见。据说在酷嗜通心粉的国度里，市廛道旁随处都有贩卖通心粉（与不通心粉）的摊子，食客都是伸出右手像是五股钢叉一般把粉条一卷就送到口里，干净利落。

不要耻笑西方风俗鄙陋，我们泱泱大国自古以来也是双手万能。《礼记》："共饭不泽手。"吕氏注曰："不泽手者，古之饭者以手，与人共饭，摩手而有汗泽，人将恶之而难言。"饭前把手洗洗揩揩也就是了。樊哙把一块生猪肘子放在铁盾上拔剑而啖之，那是鸿门宴上的精彩节目，可是那个吃相也就很可观了。我们不愿意在餐桌上挥刀舞叉，我们的吃饭工具主要的是筷子，筷子即箸，古称饭颊。细细的两根竹筷，搦在手上，运动自如，能戳、能夹、能撮、能扒，神乎其技。不过我们至今也还有用手进食的地方，像从兰州到新疆，"抓饭""抓肉"都是很驰名的。我们即使运用筷子，也不能不有相当的约束，若是频频夹取如金鸡乱点头，或挑肥拣瘦地在盘碗里翻翻弄弄如拨草寻蛇，就不雅观。

餐桌礼仪，中西都有一套。外国的餐前祈祷，兰姆的描写可谓淋漓尽致。家长在那里低头闭眼口中念念有词，孩子们很少不在那里做鬼脸的。我们幸而极少宗教观念，小时候不敢在碗里留下饭粒，是怕长大了娶麻子媳妇，不敢把饭粒落在地上，是怕天打雷劈。喝汤而不准吮吸出声是外国规矩，我想这规矩不算太苛，因为外国的汤盆很浅，好像都是狐狸请鹭鸶吃饭时所使用的器皿，一盆汤端到桌上不可能是烫嘴热的，慢一点灌进嘴里去就可以不至于出声。若是喝一口我们的所谓"天下第一菜"口蘑锅巴汤而不出一点声音，岂不强人所难？从前我在北方家居，邻户是一个治安机关，隔着一堵墙，墙那边经常有几十口子在院子里里进膳，我可以清晰地听到"呼噜，呼噜，呼——噜"的声响，然后是"咔嚓"一声。他们是在吃炸酱面，于猛吸面条之后咬一口生蒜瓣。

餐桌的礼仪要重视，不要太重视。外国人吃饭不但要席正，而且挺直腰板，把食物送到嘴边。我们"食不厌精，脍不厌细"，要维持那种姿势便不容易。我见过一位女士，她的嘴并不比一般人小多少，但是她喝汤的时候真能把上下唇撮成一颗樱桃那样大，然后以匙尖触到口边徐徐呒饮之。这和把整个调羹送到嘴里面去的人比较起来，又近于矫枉过正了。人生贵适意，在环境许可的时候是不妨稍为放肆一点。吃饭而能充分享受，没有什么太多礼法的约束，细嚼烂咽，或风卷残云，均无不可，吃的时候怡然自得，吃完之后抹抹嘴鼓腹而游，像这样的乐事并不常见。我看见过两次真正痛快淋漓的吃，印象至今犹新。一次在北京的"灶温"，那是一爿道地的北京小吃馆。棉帘启处，进来了一位赶车的，即是赶轿车的车夫，辫子盘在额上，衣襟掀起塞在褡布底下，大摇大摆，手里托着菜叶裹着的生猪肉一块，提着一根马兰系着的一撮韭黄，把食物往柜台上一拍："掌柜的，烙一斤饼！再来一碗炖肉！"等一下，肉丝炒韭黄端上来了，两张家常饼一碗炖肉也端上来了。他把菜肴分为两份，一份倒在一张饼上，把饼一卷，比拳头要粗，两手扶着矗立在盘子上，张开血盆巨口，左一口，右一口，中间一口！不大的工夫，一张饼下肚，又一张也不见了，直吃得他青筋暴露、满脸大汗，挺起腰身连打两个大饱嗝。又一次，我在青岛寓所的后山坡上看见一群石匠在凿山造房，晌午歇工，有人送饭，打开笼屉热气腾腾，里面是半尺来长的发面蒸饺，工人蜂拥而上，每人拍拍手掌便抓起饺子来咬，饺子里面露出绿韭菜馅。又有人挑来一桶开水，上面漂着一个瓢，一个个红光满面围着桶舀水吃。这时候又有挑着大葱的小贩赶来兜售那像甘蔗一般粗细的大葱,登时又人手一截,像是饭后进水果一般。上面这两个景象,我久久不能忘,他们都是自食其力的人,心里坦荡荡的,饥来吃饭,取其充腹,管什么吃相!

喝茶

我不善品茶，不通茶经，更不懂什么茶道，从无两腋之下习习生风的经验。但是，数十年来，喝过不少茶，北平的双窨、天津的大叶、西湖的龙井、六安的瓜片、四川的沱茶、云南的普洱、洞庭湖的君山茶、武夷山的岩茶，甚至不登大雅之堂的茶叶梗与满天星随壶净的高末儿，都尝试过。茶是我们中国人的饮料，口干解渴，惟茶是尚。茶字，形近于荼，声近于槚①，来源甚古，流传海外，凡是有中国人的地方就有茶。人无贵贱，谁都有份，上焉者②细啜名种，下焉者③牛饮茶汤，甚至路边埂畔还有人奉茶。北人早起，路上相逢，辄问讯："喝茶末④？"茶是开门七件事之一，乃人生必需品。

---

① 音同贾，茶树的古称。
② 指圣人。
③ 指圣人之下的次等者。
④ 意为：喝茶吗？

孩提时，屋里有一把大茶壶，坐在一个有棉衬垫的藤箱里，相当保温，要喝茶自己斟。我们用的是绿豆碗，这种碗大号的是饭碗，小号的是茶碗，作绿豆色，粗糙耐用，当然和宋瓷不能比，和江西瓷不能比，和洋瓷也不能比，可是有一股朴实厚重的风貌，现在这种碗早已绝迹，我很怀念。这种碗打破了不值几文钱，脑勺子上也不至于挨巴掌。银托白瓷小盖碗是祖父母专用的，我们看着并不羡慕。看那小小的一盏，两口就喝光，泡两三回就得换茶叶，多麻烦。如今盖碗很少见了，除非是到故宫博物院拜会蒋院长，他那大客厅里总是会端出盖碗茶敬客。再不就是在电视剧中也常看见有盖碗茶，可是演员一手执盖一手执碗缩着脖子啜茶那副狼狈相，令人发噱，因为他不知道盖碗茶应该是怎样的喝法。他平素自己喝茶大概一直是用玻璃杯、保温杯之类。如今，我们此地见到的盖碗，多半是近年来本地制造的"万寿无疆"的那种样式，瓷厚了一些；日本制的盖碗，样式微有不同，总觉得有些怪怪的。近有人回大陆，顺便探视我的旧居，带来我三十多年前天天使用的一只瓷盖碗，原是十二套，只剩此一套了，碗沿还有一点磕损，睹此旧物，勾起往日的心情，不禁黯然。盖碗究竟是最好的茶具。

茶叶品种繁多，各有擅场。有友来自徽州，同学清华，徽州产茶胜地，但是他看到我用一撮茶叶放在壶里沏茶，表示惊讶，因为他只知道茶叶是烘干打包捆载上船沿江运到沪杭求售，剩下来的茶梗才是家人饮用之物。恰如北人所谓"卖席的睡凉炕"。我平素喝茶,不是香片就是龙井,多次到大栅栏东鸿记或西鸿记去买茶叶,在柜台前面一站,徒弟搬来凳子让坐,看伙计称茶叶,分成若干小包,包得见棱见角,那份手艺只有药铺伙计可以媲美。茉莉花窨①过的茶叶,临卖的时候再抓一把鲜茉莉花放在表面上,所以叫作双窨。于是茶店里经常是茶香花香,郁郁菲菲。父执有名玉贵者,旗人,精于饮馔,居恒以一半香片一半龙井混合沏之,有香片之浓馥,兼龙井之苦清。吾家效而行之,无不称善。茶以人名,乃迳②呼此茶为"玉贵",私家秘传,外人无由得知。

其实,清茶最为风雅。抗战前造访知堂老人③于苦茶庵,主客相对总是有清茶一盅,淡淡的、涩涩的、绿绿的。我曾屡侍先君游西子湖,从不忘记品尝当地的龙井,不需要攀登南高峰凤凰岭,近处平湖秋月就有上好的龙井茶,开水现冲,风味绝佳。茶后进藕粉一碗,四美具矣。正是:"穿牖而来,夏日清风冬日日;卷帘相见,前山明月后山山。"(骆成骧联)有朋自六安来,贻我瓜片少许,叶大而绿,饮之有荒野的气息扑鼻。其中西瓜茶一种,真有西瓜风味。我曾过洞庭,舟泊岳阳楼下,购得君

---

① 同熏,用于窨茶叶,将茉莉花放在茶叶中,使茶叶染上花香。
② 同"径",直接。
③ 指周作人。

山茶一盒。沸水沏之，每片茶叶均如针状直立漂浮，良久始舒展下沉，味品清香不俗。

初来台湾，粗茶淡饭，颇想倾阮囊之所有在饮茶一端偶作豪华之享受。一日过某茶店，索上好龙井，店主将我上下打量，取八元一斤之茶叶以应，余元不满，乃更以十二元者奉上，余仍不满，店主勃然色变，厉声曰："买东西，看货色，不能专以价钱定上下。提高价格，自欺欺人耳！先生奈何不察？"我爱其戆①直。现在此茶店门庭若市，已成为业中之翘楚。此后我饮茶，但论品位，不问价钱。

茶之以浓酽胜者莫过于工夫茶。《潮嘉风月记》说工夫茶要细炭初沸连壶带碗泼浇，斟而细呷之，气味芳烈，较嚼梅花更为清绝。我没嚼过梅花，不过我旅居青岛时有一位潮州澄海朋友，每次聚饮酩酊，辄相偕走访一潮州帮巨商于其店肆。肆后有密室、烟具、茶具均极考究，小壶小盅有如玩具。更有娈婉丱童②伺候煮茶、烧烟，因此经常饱吃工夫茶，诸如铁观音、大红袍，吃了之后还携带几匣回家。不知是否故弄虚，谓炉火与茶具相距以七步为度，沸水之温度方合标准。与小盅而饮之，若饮罢迳

---

① 音同撞，憨厚而刚直。
② 意为长相俊美的幼童。娈婉，形容美好。娈，音同峦，美好。丱，音同贯，年幼。

自返盅于盘,则主人不悦,须举盅至鼻头猛嗅两下。这茶最有解酒之功,如嚼橄榄,舌根微涩,数巡之后,好像是越喝越渴,欲罢不能。喝工夫茶,要有工夫,细呷细品,要有设备,要人服侍,如今乱糟糟的社会里谁有那么多的工夫?红泥小火炉哪里去找?伺候茶汤的人更无论矣。普洱茶,漆黑一团,据说也有绿色者,泡烹出来黑不溜秋,粤人喜之。在北平,我只在正阳楼看人吃烤肉,吃得口滑肚子膨亨不得动弹,才高呼堂倌泡普洱茶。四川的沱茶亦不恶,惟一般茶馆应市者非上品。台湾的乌龙,名震中外,大量生产,佳者不易得。处处标榜冻顶,事实上哪里有那么多的冻顶?

喝茶,喝好茶,往事如烟。提起喝茶的艺术,现在好像谈不到了,不提也罢。

饮酒

酒实在是妙。几杯落肚之后就会觉得飘飘然、醺醺然。平素道貌岸然的人，也会绽出笑脸；一向沉默寡言的人，也会议论风生。再灌下几杯之后，所有的苦闷烦恼全都忘了，酒酣耳热，只觉得意气飞扬，不可一世，若不及时知止，可就难免玉山颓欹，剧吐纵横，甚至撒疯骂座，以及种种的酒失酒过全部地呈现出来。莎士比亚的《暴风起》里的卡力班，那个象征原始人的怪物，初尝酒味，觉得妙不可言，以为把酒给他喝的那个人是自天而降，以为酒是甘露琼浆，不是人间所有物。美洲印第安人初与白人接触，就是被酒所倾倒，往往不惜举土地畀①人以交换一些酒浆。印第安人的衰灭，至少一部分是由于他们的荒腆于酒。

我们中国人饮酒，历史久远。发明酒者，一说是仪狄，又说是杜康。仪狄夏朝人，杜康周朝人，相距很远，总之是无可稽

---

① 音同必，意为给。

考。也许制酿的原料不同、方法不同,所以仪狄的酒未必就是杜康的酒。尚书有《酒诰》之篇、谆谆以酒为戒,一再地说"祀兹酒"(停止这样的喝酒),"无彝酒"(勿常饮酒),想见古人饮酒早已相习成风,而且到了"大乱丧德"的地步。三代以上的事多不可考,不过从汉起就有酒榷之说,以后各代因之,都是课税以裕国帑,并没有寓禁于征的意思。酒很难禁绝,美国一九二〇年起实施酒禁,雷厉风行,依然到处都有酒喝。当时笔者道出纽约,有一天友人邀我食于某中国餐馆,入门直趋后室,索五加皮,开怀畅饮。忽警察闯入,友人止予勿惊。这位警察徐徐就座,解手枪,锵然置于桌上,索五加皮独酌,不久即伏案酣睡。一九三三年酒禁废,直如一场儿戏。民之所好,非政令所能强制。在我们中国,汉萧何造律:"三人以上无故群饮,罚金四两。"此律不曾彻底实行。事实上,酒楼妓馆处处笙歌,无时不飞觞醉月。文人雅士水边修禊,山上登高,一向离不开酒。名士风流,以为持螯把酒,便足了一生;甚至于酣饮无度,扬言"死便埋我",好像大量饮酒不是什么不很体面的事,真所谓"酗于酒德"。

对于酒,我有过多年的体验。第一次醉是在六岁的时候,侍先君饭于致美斋(北平煤市街路西)楼上雅座,窗外有一棵不知名的大叶树,随时簌簌作响。连喝几盅之后,微有醉意,先君禁我再喝,我一声不响站立在椅子上舀了一匙高汤,泼在他的一件两截衫上。随后我就倒在旁边的小木炕上呼呼大睡，回家之后才醒。我的父母都喜欢酒，所以我一直都有喝酒的机会。"酒有别肠，不必长大"，语见《十国春秋》，意思是说酒量的大小与身体的大小不必成正比例，壮健者未必能饮，瘦小者也许能鲸吸。我小时候就是瘦弱如一根绿豆芽。酒量是可以慢慢磨练出来的，不过有其极限。我的酒量不大，我也没有亲见过一般人所艳称的那种所谓海量。古代传说"文王饮酒千钟，孔子百觚"，王充《论衡·语增篇》就大加驳斥，他说："文王之身如防风之君，孔子之体如长狄之人，乃能堪之。"且文王、孔子率礼之人也，何至于醉酗乱身？就我孤陋的见闻所及，无论是"青州从事"或"平原督邮"，大抵白酒一斤或黄酒三五斤即足以令任何人头昏目眩黏牙倒齿。唯酒无量，以不及于乱为度，看各人自制力如何耳。不为酒困，便是高手。

酒不能解忧，只是令人在由兴奋到麻醉的过程中暂时忘怀一切。即刘伶所谓"无思无虑，其乐陶陶"。可是酒醒之后，所谓"忧心如醒"，那份病酒的滋味很不好受，所付代价也不算小。我在青岛居住的时候，那地方背山面海，风景如画，在很多人心目中是最理想的卜居之所，唯一缺憾是很少文化背景，没有古迹耐人寻味，也没有适当的娱乐。看山观海，久了也会腻烦，于是呼朋聚饮，三日一小饮，五日一大宴，豁拳行令，三十斤花雕一坛，一夕而罄。七名酒徒加上一位女史，正好八仙之数，乃自命为酒中八仙。有时且结伙远征，近则济南，远则南京、北京，不自谦抑，狂言"酒压胶济一带，拳打南北二京"，高自期许，俨然豪气干云的样子。当时作践了身体，这笔账日后要算。一日，胡适之先生过青岛小憩，在宴席上看到八仙过海的盛况大吃一惊，急忙取出他太太给他的一个金戒指，上面镌有"戒"字，戴在手上，表示免战。过后不久，胡先生就写信给我说："看你们喝酒的样子，就知道青岛不宜久居，还是到北京来吧！"我就到北京去了。现在回想当年酗酒，哪里算得是勇，真是狂。

酒能削弱人的自制力，所以有人酒后狂笑不置，也有人痛哭不已，更有人口吐洋语滔滔不绝，也许会把平夙不敢告人之事吐露一二，甚至把别人的阴私也当众抖搂出来。最令人难堪的是强人饮酒，或单挑，或围剿，或投下井之石，千方万计要把别人灌醉，有人诉诸武力，捏着人家的鼻子灌酒！这也许是人类长久压抑下的一部分兽性之发泄，企图获取胜利的满足，比拿起石棒给人迎头一击要文明一些而已。那咄咄逼人的声嘶力竭的豁拳，在赢拳的时候，那一声拖长了的绝叫，也是表示内心的一种满足。在别处得不到满足，就让他们在聚饮的时候如愿以偿吧！只是这种闹饮，以在有隔音设备的房间里举行为宜，免得侵扰他人。

《菜根谭》所谓"花看半开，酒饮微醺"的趣味，才是最令人低徊的境界。

理发

理发不是一件愉快事。让牙医拔过牙的人，望见理发的那张椅子就会怵怵不安，两种椅子很有点相像。我们并不希望理发店的椅子都是檀木螺钿，或是路易十四式，但至少不应该那样的丑，方不方圆不圆的，死橛橛硬邦邦的，使你感觉到坐上去就要受人割宰的样子。门口担挑的剃头挑儿，更吓人，竖着的一根小小的旗杆，那原是为挂人头的。

但是理发是一种必不可免的麻烦，"君子整其衣冠，尊其瞻视，何必蓬头垢面，然后为贤？"理发亦是观瞻所系。印度锡克族，向来是不剪发不剃须的，那是"受诸父母不敢毁伤"的意思，所以一个个的都是满头满脸毛氄氄的，滔滔皆是，不以为怪。在我们的社会里，就不行了，如果你鬅鬙①着头发，就会有人疑心你是在丁忧，或是才从监狱里出来。髭须是更讨厌的东

---

① 音同朋僧，意为头发散乱的样子。

西，如果蓄留起来，七根朝上八根朝下都没有关系，嘴上有毛受人尊敬，如果刮得光光的露出一块青皮，也行，也受人尊敬，唯独不长不短的三两分长的髭须，如鬃鬣，如刺猬，如刈后的稻秆，看起来令人不敢亲近，鲁智深"腮边新剃暴长短须戗戗的好惨濑人"，所以人先有五分怕他。钟馗须髯如戟，是一副啖鬼之相。我们既不想吓人，又不欲啖鬼，而且不敢不以君子自勉，如何能不常到理发店去？

理发匠并没有令人应该不敬重的地方，和刽子手屠户同样的是一种为人群服务的职业，而且理发匠特别显得高尚，那一身西装便可以说是高等华人的标志。如果你交一个刽子手朋友，他一见到你就会相度你的脖颈，何处下刀相宜，这是他的职业使然。理发匠俟①你坐定之后，便伸胳臂挽袖相度你那一脑袋的毛发，对于毛发所依附的人并无兴趣。一块白绸布往你身上一罩，不见得是新洗的，往往是斑斑点点的如虎皮宣。随后是一根布条在咽喉处一勒。当然不会致命，不过箍得也就够紧，如果是自己的颈子大概舍不得用那样大的力。头发是以剪为原则，但是附带着生薅硬拔的却也不免，最适当的抗议是对着那面镜子狞眉皱眼地做个鬼脸，而且希望他能看见。人的头生在颈上，本来是可以相当地旋转自如的，但是也有几个角度是不大方便的，理发匠似乎不

---

① 意为等，等待。

大顾虑到这一点,他总觉得你的脑袋的姿势不对,把你的头扳过来扭过去,以求适合他的刀剪。我疑心理发匠许都是孔武有力的,不然腕臂间怎有那样大的力气?

椅子前面竖起的一面大镜子是颇有道理的,倒不是为了可以顾影自怜,其妙在可以知道理发匠是在怎样收拾你的脑袋,人对于自己的脑袋没有不关心的。戴眼镜的朋友摘下眼镜,一片模糊,所见亦属有限。尤其是在刀剪晃动之际,呆坐如僵尸,轻易不敢动弹,对于左右坐着的邻座无从瞻仰,是一憾事。左边客人在挺着身子刮脸,声如割草,你以为必是一个大汉,其实未必然,也许是个女客;右边客人在喷香水擦雪花,你以为必是佳丽,其实亦未必然,也许是个男子。所以不看也罢,看了怪不舒服。最好是废然①枯坐。

其中比较最愉快的一段经验是洗头。浓厚的肥皂汁滴在头上,如醍醐灌顶,用十指在头上搔抓,虽然不是麻姑,却也手似鸟爪。令人着急的是头皮已然搔得清痛,而东南角上一块最痒的地方始终不曾搔到。用水冲洗的时候,难免不泛滥入耳,但念平夙盥洗大概是以脸上本部为限,边远陬隅辄弗能届②,如今痛加

---

① 消极失望的样子。
② 意为边边角角落往往到达不了。陬隅,音同邹鱼,指室内西南角,也指偏远之地。辄,往往,总是。弗,不。届,到达。

涤荡，亦是难得的盛举。电器吹风，却不好受，时而凉飕习习，时而夹上一股热流，热不可当，好像是一种刑罚。

最令人难堪的是刮脸。一把大刀锋利无比，在你的喉头上眼皮上耳边上，滑来滑去，你只能瞑目屏息，捏一把汗。Robert Lynd写过一篇《关于刮脸的讲道》，他说：

> 当剃刀触到我的脸上，我不免有这样的念头："假使理发匠忽然疯狂了呢？"很幸运地，理发匠从未发疯狂过，但我遭遇过别种差不多的危险。例如，有一个矮小的法国理发匠在雷雨中给我刮脸，电光一闪，他就跳得好老高。还有一个喝醉了的理发匠，拿着剃刀找我的脸，像个醉汉的样子伸手去一摸却扑了个空。最后把剃刀落在我的脸上了，他却靠在那里镇定一下，靠得太重了些，居然把我的下颊右方刮下了一块胡须，刀还在我的皮上，我连抗议一声都不敢。就是小声说一句，我觉得，都会使他丧胆而失去平衡，我的颈静脉也许要在他不知不觉间被他割断，后来剃刀暂时离开我的脸了，大概就是法国人所谓Reculer pour mieux sauter（退回去以便再向前扑），我趁势立刻用梦魇的声音叫起来，"别刮了，别刮了，够了，谢谢你"……

这样的怕人的经验并不多有。不过任何人都要心悸，如果在刮脸时想起相声里的那段笑话。据说理发匠学徒的时候是用一个带茸毛的冬瓜来做试验的，有事走开的时候便把刀向瓜上一剁，后来出师服务，常常错认人头仍是那个冬瓜。刮脸的危险还在其次，最可恶的是他在刮后用手毫无忌惮地在你脸上摸，摸完之后你还得给他钱！

洗澡

谁没有洗过澡!生下来第三天,就有"洗儿会",热腾腾的一盆香汤,还有果子采钱,亲朋围绕着看你洗澡。"洗三"的滋味如何,没有人能够记得。被杨贵妃用锦绣大襁褓裹起来的安禄山也许能体会一点点"洗三"的滋味,不过我想当时禄儿必定别有心事在。

稍为长大一点,被母亲按在盆里洗澡永远是终身不忘的经验。越怕肥皂水流进眼里,肥皂水越爱往眼角里钻。胳肢窝怕痒,两肋也怕痒,脖子底下尤其怕痒,如果咯咯大笑把身子弄成扭股糖似的,就会顺手一巴掌没头没脸地拍了下来,有时候还真有一点痛。

成年之后,应该知道澡雪垢滓乃人生一乐,但亦不尽然。我读中学的时候,学校有洗澡的设备,虽是因陋就简,冷热水却甚充分。但是学校仍须严格规定,至少每三天必须洗澡一次。这规定,比起汉律"吏五日得一休沐"意义大不相同。五日一休沐,是放假一天,沐不沐还不是在你自己。学校规定三日一洗澡是强迫性的,而且还有惩罚的办法,洗澡室备有签到簿,三次不洗澡者公布名单,仍不悛悔者则指定时间派员监视强制执行。以我所知,不洗澡而签名者大有人在,俨如伪造文书;从未见有名单公布,更未见有人在众目睽睽之下袒裼裸裎①,法令徒成具文。

我们中国人一向是把洗澡当作一件大事的。自古就有沐浴而朝,斋戒沐浴以祀上帝的说法。曾点的生平快事是"浴于沂"。唯因其为大事,似乎未能视为日常生活的一部分。到了唐朝,还有人"居丧毁慕,三年不澡沐"。晋朝的王猛扪虱而谈,更是经常不洗澡的明证。白居易诗"今朝一澡濯,衰瘦颇有余",洗一回澡居然有诗以纪之的价值。

旧式人家,尽管是深宅大院,很少有特辟浴室的。一只大木盆,能蹲踞其中,把浴汤泼溅满地,便可以称心如意了。在北平,街上有的是"金鸡未唱汤先热,红日东升客满堂"的澡堂,也有所谓高级一些的如"西升平",但是很多人都不敢问津,倒不一定是如米芾之"好洁成癖至不与人同巾器",也不是怕进去被人偷走了裤子,实在是因为医药费用太大。"早晨皮包水,

---

① 音同坦希裸呈。袒裼,露臂;裸裎,露体。指脱衣赤裸身体。

晚上水包皮",怕的是水不仅包皮,还可能有点什么东西进入皮里面去。明知道有些城市的澡堂里面可以搓澡,敲背,捏足,修脚,理发,吃东西,高枕而眠,甚而至于不仅是高枕而眠,一律都非常方便,有些胆小的人还是望望然去之,宁可回到家里去蹲踞在那一只大木盆里将就将就。

近代的家庭洗澡间当然是令人称便,可惜颇有"西化"之嫌,非我国之所固有。不过我们也无需过于自馁,西洋人之早雨浴晚雨浴一天淴洗两回,也只是很晚近的事。罗马皇帝喀拉凯拉之广造宏丽的公共浴室容纳一万六千人同时入浴,那只是历史上的美谈。那些浴室早已由于蛮人入侵而沦为废墟,早期基督教的禁欲趋向又把沐浴的美德破坏无遗。在中古期间的僧侣是不大注意他们的肉体上的清洁的。"与其澡于水,宁澡于德"(傅玄澡盘铭)大概是他们所信奉的道理。欧洲近代的修女学校还留有一些中古遗风,女生们隔两个星期才能洗澡一次,而且在洗的时候还要携带一件长达膝部以下的长袍作为浴衣,脱衣服的时候还有一套特殊技术,不可使自己看到自己的身体!英国维多利亚时代之"星期六晚的洗澡"是一般人民经常有的生活项目之一。平常的日子大概都是"不宜沐浴"。

我国的佛教僧侣也有关于沐浴的规定,请看《百丈清规·六》:"展浴袱取出浴具于一边,解上衣,未卸直裰,先脱下面裙裳，以脚布围身，方可系浴裙，将裈裤卷摺纳袄内"。虽未明言隔多久洗一次，看那脱衣层次规定之严，其用心与中古基督教会殆异曲同工。

在某些情形之下裸体运动是有其必要的，洗澡即其一也。在短短一段时间内，在一个适当的地方，即使于洗濯之余观赏一下原来属于自己的肉体，亦无伤大雅。若说赤身裸体便是邪恶，那么衣冠禽兽又好在哪里？

礼（儒行云）："儒有澡身而浴德。"我看人的身与心应该都保持清洁，而且并行不悖。

猫的故事

猫很乖,喜欢偎傍着人;有时候又爱蹭人的腿,闻人的脚。唯有冬尽春来的时候,猫叫春的声音颇不悦耳。"呜呜"的一声一声地吼,然后突然的哇咬之声大作,"唏哩哗啦"的,铿天地而动神祇。这时候你休想安睡。所以有人不惜昏夜起床持大竹竿而追逐之。祖传有一位和尚作过这样的一首诗!"猫叫春来猫叫春,听他愈叫愈精神,老僧亦有猫儿意,不敢人前叫一声。"这位师父富同情心,想来不至于抡大竹竿子去赶猫。

我的家在北平的一个深巷里。有一天,冬夜荒寒,卖水萝卜的,卖硬面饽饽的,都过去了,除了值更的梆子遥远的响声可以说是万籁俱寂。这时候屋瓦上嗥的一声猫叫了起来,时而如怨如诉,时而如诟如詈,然后一阵跳踉,窜到另外一间房上去了,往返跳跃,搅得一家不安。如是者数日。

北平的窗子是糊纸的,窗棂不宽不窄正好容一只猫儿出入,只消他用爪一划即可通往无阻。在春暖时节，有一夜，我在睡梦中好像听到小院书房的窗纸响，第二天发现窗棂上果然撕破了一个洞，显然的是有野猫钻了进去。大概是饿极了，进去捉老鼠。我把窗纸补好，不料第二天猫又来，仍从原处出入，这就使我有些不耐烦，一之已甚岂可再乎？第三天又发生同样情形，而且把书桌书架都弄得凌乱不堪，书桌上印了无数的梅花印，我按捺不住了。我家的厨师是一个足智多谋的人，除了调和鼎鼐之外还贯通不少的左道旁门，他因为厨房里的肉常常被猫拖拉到灶下，鱼常被猫叼着上了墙头，怀恨于心，于是殚智竭力，发明了一个简单而有效的捕猫方法。法用铁丝一根，在窗棂上猫经常出入之处钉一个铁钉，铁丝一端系牢在铁钉之上，另一端在铁丝上做一活扣，使铁丝作圆箍形，把圆箍伸缩到适度放在窗棂上，便诸事完备，静待活捉。猫窜进屋的时候前腿伸入之后身躯势必触到铁丝圆箍，于是正好套在身上，活生生悬在半空，愈挣扎则圆箍愈紧。厨师看我为猫所苦无计可施，遂自告奋勇为我在书房窗上装置了这么一个机关。我对他起初并无信心，姑妄从之。但是当天夜里居然有了动静，早晨起来一看，一只瘦猫奄奄一息地赫然挂在那里！

厨师对于捉到的猫向来执法如山，不稍宽假，我看了猫的那副可怜相直为她缓颊。结果是从轻发落予以开释，但是厨师坚持不能不稍予膺惩，即在猫身上用原来的铁丝系上一只空罐头，开启街门放她一条生路。只见猫一溜烟似的"唏哩哗啦"地拖着罐头绝尘而去，像是新婚夫妻的汽车之离教堂去度蜜月。跑得愈快，罐头响声愈大，猫受惊乃跑得更快，惊动了好几条野狗跟在后面追赶，黄尘滚滚，一瞬间出了巷口往北而去。她以后的遭遇如何我不知道，我心想她吃了这个苦头以后绝对不会再光顾我的书房。窗户纸重新糊好，我准备高枕而眠。

当天夜里，听见铁罐响，起初是在后院砖地上"哗啷哗啷"地响，随后像是有东西提着铁罐猱升①跨院的枣树，终乃在我的屋瓦上作响。屋瓦是一垄一垄的，中有小沟，所以铁罐越过瓦垄的声音是"咯噔咯噔"的清晰可辨。我打了一个冷战：难道是那只猫的阴魂不散？她拖着铁罐子跑了一天，藏躲在什么地方，终于黉夜又复光临寒舍，我家究竟有什么东西值得使她这样的念念不忘？

"哗啷"一声，铁罐坠地，显然的是铁丝断了。几乎同时，"噗"的一声，猫顺着我窗前的丁香树也落了地。她低声地呻吟了一声，好像是初释重负后的一声叹息。随后我的书房窗纸又撕破了——历史重演。

---

① 意为猿猱上树，比喻像猴似的跳跃攀登。猱，音同挠，古书上的一种猴。

这一回我下了决心,我如果再度把她活捉,要用重典,不是系一个铁罐就能了事。我先到书房里去查看现场,情况有一些异样,大书架接近顶棚最高的一格有几本书撒落在地上。倾耳细听,书架上有呼噜呼噜的声音。怎么猫找到了这个地方来酣睡?我搬了高凳爬上去窥视,吓我一大跳,原来是那只瘦猫拥着四只小猫在喂奶!

四只小猫是黑白花的,"咕咕哝哝"地在猫的怀里乱挤,好像眼睛还没有睁开,显然是出生不久。在车船上遇到有妇人生产,照例被视为喜事,母子好像都可以享受好多的优待。我的书房里如今喜事候门,而且一胎四个,原来的一腔怒火消去了不少。天地之大德曰生,这道理本该普及于一切有情。猫为了她的四只小猫,不顾一切地冒着危险回来喂奶,伟大的母爱实在是无以复加!

猫的秘密被我发现,感觉安全受了威胁,一夜的工夫她把四只小猫都叼离书房,不知运到什么地方去了。

馋

馋,在英文里找不到一个十分适当的字。罗马暴君尼禄,以至于英国的亨利八世,在大宴群臣的时候,常见其撕下一根根又粗又壮的鸡腿,举起来大嚼,旁若无人,好一副饕餮相!但那不是馋。埃及废王法鲁克,据说每天早餐一口气吃二十个荷包蛋,也不是馋,只是放肆,只是没有吃相。对某一种食物有所偏好,于是大量地吃,这是贪多无厌。

馋,则着重在食物的质,最需要满足的是品味。上天生人,在他嘴里安放一条舌,舌上还有无数的味蕾,教人焉得不馋?馋,基于生理的要求,也可以发展成为近于艺术的趣味。

也许我们中国人特别馋一些,"馋"字从食,毚声。毚音谗,本义是狡兔,善于奔走,人为了口腹之欲,不惜多方奔走以膏馋吻,所谓"为了一张嘴,跑断两条腿"。

真正的馋人，为了吃，决不懒。我有一位亲戚，属汉军旗，又穷又馋。一日傍晚，大风雪，老头子缩头缩脑偎着小煤炉子取暖。他的儿子下班回家，顺路市得四只鸭梨，以一只奉其父。父得梨，大喜，当即啃了半只，随后就披衣戴帽，拿着一只小碗，冲出门外，在风雪交加中不见了人影。他的儿子只听得大门哐啷一声响，追已无及。

越①一小时，老头子托着小碗回来了，原来他是要吃榅桲拌梨丝！从前酒席，一上来就是四干、四鲜、四蜜饯，榅桲、鸭梨是现成的，饭后一盘榅桲拌梨丝别有风味（没有鸭梨的时候白菜心也能代替）。这老头子吃剩半个梨，突然想起此味，乃不惜于风雪之中奔走一小时。这就是馋。

人之最馋的时候是在想吃一样东西而又不可得的那一段期间。希腊神话中之谭塔勒斯，水深及颚而不得饮，果实当前而不得食，饿火中烧，痛苦万状，他的感觉不是馋，是求生不成求死不得。馋没有这样的严重。人之犯馋，是在饱暖之余，眼看着、回想起或是谈论到某一美味，喉头像是有馋虫搔抓作痒，只好干咽唾沫。一旦得遂所愿，悠情享受，浑身通泰。

---

① 过了。

抗战七八年，我在后方，真想吃故都的食物，人就是这个样子，对于家乡风味总是念念不忘，其实"千里莼羹，未下盐豉"也不见得像传说的那样迷人。

我曾痴想北平羊头肉的风味，想了七八年；胜利还乡之后，一个冬夜，听得深巷卖羊头肉小贩的吆喝声，立即从被窝里爬出来，把小贩唤进门洞，我坐在懒椅上看着他于暗淡的油灯照明之下，抽出一把雪亮的薄刀，横着刀刃片羊脸子，片得飞薄，然后取出一只蒙着纱布的羊角，洒上一些椒盐。我托着一盘羊头肉，重复钻进被窝，在枕上一片一片的羊头肉放进嘴里，不知不觉地进入了睡乡，十分满足地解了馋瘾。但是，老实讲，滋味虽好，总不及在痴想时所想象的香。

我小时候，早晨跟我哥哥步行到大鹁鸽市陶氏学堂上学，校门口有个小吃摊贩，切下一片片的东西放在碟子上，洒上红糖汁、玫瑰木樨，淡紫色，样子实在令人馋涎欲滴。走近看，知道是糯米藕。一问价钱，要四个铜板，而我们早点费每天只有两个铜板，我们当下决定，饿一天，明天就可以一尝异味。所付代价太大，所以也不能常吃。糯米藕一直在我心中留下不可磨灭的印象。后来成家立业，想吃糯米藕不费吹灰之力，餐馆里有时也有供应，不过浅尝辄止，不复有当年之馋。

馋与阶级无关。豪富人家,日食万钱,犹云无下箸处,是因为他这种所谓饮食之人放纵过度,连馋的本能和机会都被剥夺了,他不是不馋,也不是太馋,他麻木了,所以他就要千方百计地在食物方面寻求新的材料、新的刺激。

我有一位朋友,湖南桂东县人,他那偏僻小县却因乳猪而著名,他告我说每年某巨公派人前去采购乳猪,搭飞机运走,充实他的郇厨①。烤乳猪,何地无之?何必远求?我还记得有人治寿筵,客有专诚献"烤方"者,选尺余见方的细皮嫩肉的猪臀一整块,用铁钩挂在架上,以炭肉燔炙②,时而武火,时而文火,烤数小时而皮焦肉熟。上桌时,先是一盘脆皮,随后是大薄片的白肉,其味绝美,与广东的烤猪或北平的炉肉风味不同,使得一桌的珍馐相形见绌。可见天下之口有同嗜,普通的一块上好的猪肉,苟处理得法,即快朵颐。像《世说》所谓王武子家的烝③肫④,乃是以人乳喂养的,实在觉得多此一举,怪不得魏武⑤未终席而去。人是肉食动物,不必等到"七十者可以食肉矣",

---

① 也称郇公厨、郇国厨,指盛宴。唐朝韦陟封郇国公,善于烹饪美食,客人每次造访都能酒足饭饱。故事见唐冯贽《云仙杂记·卷三·郇公厨》。后用郇厨代指盛宴。
② 指烧烤。燔,音同凡,烧。炙,烤。
③ 同"蒸"。
④ 音同豚,《广韵》本作豚,指猪,小猪。
⑤ 此处为作者误记,应为晋武帝司马炎,非魏武帝曹操。出自《世说新语·汰侈第三十》第三则。——编者注

平凡有一些肉类佐餐,也就可以满足了。

北平人馋,可是也没听说有谁真个馋死,或是为了馋而倾家荡产。大抵好吃的东西都有个季节,逢时按节地享受一番,会因自然调节而不逾矩。

开春吃春饼,随后黄花鱼上市,紧接着大头鱼也来了,恰巧这时候后院花椒树发芽,正好掐下来烹鱼。鱼季过后,青蛤当令。紫藤花开,吃藤萝饼;玫瑰花开,吃玫瑰饼;还有枣泥大花糕。

到了夏季,"老鸡头才上河哟",紧接着是菱角、莲蓬、藕、豌豆糕、驴打滚、爱窝窝,一起出现。席上常见水晶肘,坊间唱卖烧羊肉,这时候嫩黄瓜、新蒜头应时而至。

秋风一起,先闻到糖炒栗子的气味,然后就是炰①烤涮羊肉,还有七尖八团的大螃蟹。"老婆老婆你别馋,过了腊八就是年。"过年前后,食物的丰盛就更不必细说了。一年四季地馋,周而复始地吃。

馋非罪,反而是胃口好、健康的现象,比食而不知其味要好得多。

---

① 音同袍,意为蒸煮。

客

"只有上帝和野兽才喜欢孤独。"上帝吾不得而知之,至于野兽,则据说成群结党者多,真正孤独者少。我们凡人,如果身心健全,大概没有不好客的。以欢喜幽独著名的Thoreau①,他在树林里也给来客安排得舒舒贴贴。我常幻想着"风雨故人来"的境界,在风飒飒雨霏霏的时候,心情枯寂百无聊赖,忽然有客款扉,把握言欢,莫逆于心,来客不必如何风雅,但至少第一不谈物价升降,第二不谈宦海浮沉,第三不劝我保险,第四不劝我信教,乘兴而来,兴尽即返,这真是人生一乐。但是我们为客所苦的时候也颇不少。

很少的人家有门房,更少的人家有拒人千里之外的阍者,门禁既不森严,来客当然无阻,所以私人居处,等于日夜开放。有

---

① 即亨利·梭罗(1817—1862),美国著名作家、哲学家、自然主义者,代表作有《瓦尔登湖》等。

时主人方在厕上，客人已经升堂入室，回避不及，应接无术，主人鞠躬如也，客人呆若木鸡。有时主人方在用饭，而高轩贲止，便不能不效周公之"一饭三吐哺"，但是来客并无归心，只好等送客出门之后再补充些残羹剩饭，有时主人已经就枕，而不能不倒屣相迎。一天二十四小时之内，不知客人何时入侵，主动在客，防不胜防。

在西洋所谓客者是很稀罕的东西。因为他们办公有办公的地点，娱乐有娱乐的场所，住家专做住家之用。我们的风俗稍为不同一些。办公、打牌、吃茶、聊天都可以在人家的客厅里随时举行的。主人既不能在座位上遍置针毡，客人便常有如归之乐。从前官场习惯，有所谓端茶送客之说，主人觉得客人应该告退的时候，便举起盖碗请茶，那时节一位训练有素的豪仆在旁一眼瞥见，便大叫一声"送客！"另有人把门帘高高打起，客人除了告辞之外，别无他法。可惜这种经济时间的良好习俗，今已不复存在，而且这种办法也只限于官场，如果我在我的小小客厅之内端起茶碗，由荆妻稚子在旁嘤然一声"送客"，我想客人会要疑心我一家都发疯了。

客人久坐不去，驱禳①至为不易。如果你枯坐不语，他也许

---

① 驱赶，赶走。禳，音同瓢，向神灵祈祷消除灾殃。

发表长篇独白，像个垃圾口袋一样，一碰就泄出一大堆，也许一根一根的纸烟不断地吸着，静听挂钟"嘀嗒嘀嗒"地响。如果你暗示你有事要走，他也许表示愿意陪你一道走。如果你问他有无其他的事情见教，他也许干脆告诉你来此只为闲聊天。如果你表示正在为了什么事情忙，他会劝你多休息一下。如果你一遍一遍地给他斟茶，他也许就一碗一碗地喝下去而连声说"主人别客气"。乡间迷信，恶客盘踞不去时，家人可在门后置一扫帚，用针频频刺之，客人便会觉得有刺股之痛，坐立不安而去。此法有人曾经实验，据云无效。

"茶，泡茶，泡好茶；坐，请坐，请上坐。"出家人犹①如此势利，在家人更可想而知。但是为了常遭客灾的主人设想，茶与座二者常常因客而异，盖亦有说。凤好牛饮之客，自不便奉以"水仙""云雾"，而精研《茶经》之士，又断不肯尝试那"高末""茶砖"。茶卤加开水，浑浑满满一大盅，上面泛着白沫如啤酒，或漂着油彩如汽油，这固然令人恶心，但是如果名茶一盏，而客人并不欣赏，轻呷一口，盅缘上并不留下芬芳，留之无用，弃之可惜，这也是非常讨厌之事。所以客人常被分为若干流品，有能启用平凤主人自己舍不得饮用的好茶者，有能享受主人自己日常享受的中上茶者，有能大量取用茶卤冲开水者，飨以

---

① 尚且。

"玻璃"者是为未入流。至于座处，自以直入主人的书房绣闼者为上宾，因为屋内零星物件必定甚多，而主人略无防闲之意，于亲密之中尚含有若干敬意，做客至此，毫无遗憾；次焉者廊前檐下随处接见，所谓班荆道故，了无痕迹；最下者则肃入客厅，屋内只有桌椅板凳，别无长物，主人着长袍而出，寒暄就座，主客均客气之至。在厨房后门伫立而谈者是为未入流。我想此种差别待遇，是无可如何之事，我不相信孟尝门客三千而待遇平等。

人是永远不知足的。无客时嫌岑寂，有客时嫌烦嚣，客走后扫地抹桌又另有一番冷落空虚之感，问题的症结全在于客的素质，如果素质好，则未来时想他来，既来了想他不走，既走想他再来。如果素质不好，未来时怕他来，既来了怕他不走，既走怕他再来。虽说物以类聚，但不速之客甚难预防。"夜半待客客不至，闲敲棋子落灯花"，①那种境界我觉得最足令人低徊。

---

① 原诗为"有约不来过夜半，闲敲棋子落灯花"，出自宋代诗人赵师秀《约客》。

辑四
在艺术中寻找自在：
心有猛虎，细嗅蔷薇

我想画的最高境界不是可以读得懂的，一说到读便牵涉到文章词句，便要透过思想的程序，而画的美妙处在于透过视觉而直诉诸人的心灵。画给人的一种心灵上的享受，不可言说，说便不着。

——梁实秋

盆景

我小时候,看见我父亲书桌上添了一个盆景,我非常喜爱。是一盆文竹,栽在一个细高的方形白瓷盆里,似竹非竹,细叶嫩枝,而不失其挺然高举之致。凡物小巧则可爱。修篁成林,蔽不见天,固然幽雅宜人,而盆盎之间绿竹猗猗,则亦未尝不惹人怜。文竹属百合科,当时在北方尚不多见。

我父亲为了培护他这个盆景,费了大事。先是给它配上一个不大不小的硬木架子,安置在临窗的书桌右角,高高地傲视着居中的砚田。按时浇水,自不待言,苦的是它需阳光照晒,晨间阳光晒进窗来,便要移盆就光,让它享受那片刻的煦暖。若是搬到院里,时间过久则又不胜骄阳的肆虐。每隔一两年要翻换肥土,以利新根。败枝枯叶亦须修剪。听人指点,用笔管戳土成穴,灌以稀释的芝麻酱汤,则新芽茁发,其势甚猛。有一年果然抽芽窜长,长至数尺而意犹未尽,乃用细绳吊系之,使缘窗匍行,如茑萝然。

此一盆景陪伴先君二三十年，依然无恙。后来移我书斋之内，仍能保持常态，在我凭几写作之时，为我增加情趣不少。嗣抗战军兴，家中乏人照料，冬日书斋无火，文竹终于僵冻而死。丧乱之中，人亦难保，遑论盆景！然我心中至今戚戚。

这一盆文竹乃购自日商。日本人好像很精于此道。所制盆栽，率皆枝条掩映，俯仰多姿。尤其是盆栽的松柏之属，能将纹理盘错的千寻之树，缩收于不盈咫尺的缶盆之间，可谓巧夺天工。其实盆栽之术，源自我国，日人善于模仿，巧于推销，百年来盆栽遂亦为西方人士所嗜爱。Bonsai一语实乃中文盆栽二字之音译。

据说盆景始于汉唐，盛于两宋。明朝吴县人王鏊作《姑苏志》有云："虎丘人善于盆中植奇花异卉，盘松古梅，置之几案，清雅可爱，谓之盆景。"是姑苏不仅擅园林之美，且以盆景之制作驰誉于一时。刘銮《五石瓠》："今人以盆盎间树石为玩，长者屈而短之，大者削而约之，或肤寸而结果实，或咫尺而蓄虫鱼，概称盆景，元人谓之些子景。""些子"大概是元人语，细小之意。

我多年来漂泊四方，所见盆景亦夥①，南北各地无处无之，而技艺之精则均与时俱进。见有松柏盆景，或根株暴露，作龙爪攫拿之状，名曰"露根"。或斜出倒挂于盆口之外，挺秀多姿，俨然如黄山之"蒲团""黑虎"，名曰"悬崖"。或一株直立，或左右并生，无不于刚劲挺拔之中展露搔首弄姿之态。甚至有在浅钵之中植以枫林者，一二十株枫树集成丛林之状，居然叶红似火，一片霜林气象。种种盆景，无奇不有，纳须弥于芥子，取法乎自然。作为案头清供，诚为无上妙品。近年有人以盆景为专业，有时且公开展览，琳琅满目，洋洋大观。盆景之培养，需要经年累月，悉心经营，有时甚至经数十年之辛苦调护方能有成。或谓有历千百年之盆景古木，价值连城，是则殆不可考，非我所知。

盆景之妙虽尚自然，然其制作全赖人工。就艺术观点而言，艺术本为模仿自然。例如图画中之山水，尺幅而有千里之势。杜甫望岳，层云荡胸，飞鸟入目，也是穷目之所极而收之于笔下。盆景似亦若是，唯表现之方法不同。黄山之松，何以有那样的虬蟠②之态？那并不是自然的生态。山势确荦，峭崖多隙，松生其间，又复终年的烟霞翳薄，夙雨飕飗③，当然枝柯虬曲，甚至

---

① 音同火，意为多。
② 意为弯曲盘绕如虬龙。
③ 飕飗，音同搜留，形容风声。

倒悬，欲直而不可行。原非自然生态之松，乃成为自然景色之一部。画家喜其奇，走笔写松遂常作龙蟠虬曲之势。制盆景者师其意，纳小松于盆中，培以最少量之肥土，使之滋长而不过盛，芟之剪之，使其根部坐大，又用铅铁丝缚绕其枝干，使之弯曲作态而无法伸展自如。

艺术与自然本是相对的名词。凡是艺术皆是人为的。西谚有云"Ars est celsre artem"（"真艺术不露人为的痕迹。"），犹如吾人所谓"无斧凿痕"。我看过一些盆景，铅铁丝尚未除去，好像是五花大绑，即或已经解除，树皮上也难免皮开肉绽的疤痕。这样艺术的制作，对于植物近似戕害生机的桎梏。我常在欣赏盆景的时候，联想到在游艺场中看到的一个患侏儒症的人，穿戴齐整地出现在观众面前，博大家一笑。又联想从前妇女的缠足，缠得趾骨弯折，以成为三寸金莲，作摇曳婀娜之态！

我读龚定庵《病梅馆记》，深有所感。他以为一盆盆的梅花都是匠人折磨成的病梅，用人工方法造成的那副弯曲佝偻之状乃是病态，于是他解其束缚，脱其桎梏，任其无拘无束地自然生长，名其斋为病梅馆。龚氏此文，常在我心中出现，令我憬然有悟，知万物皆宜顺其自然。盆景，是艺术，而非自然。我于欣赏之余，真想效龚氏之所为，去其盆盎，移之于大地，解其缠缚，任其自然生长。

写字

在从前，写字是一件大事，在"念背打"教育体系当中占一个很重要的位置，从描红模子的横平竖直，到写墨卷的黑大圆光，中间不知有多大艰苦。记得小时候写字，老师冷不防地从你脑后把你的毛笔抽走，弄得你一手掌的墨，这证明你执笔不坚，是要受惩罚的。这样恶作剧还不够，有的在笔管上套大铜钱，一个，两个，乃至三四个，摇动笔管只觉头重脚轻，这原理是和国术家腿上绑沙袋差不多，一旦解开重负便会身轻似燕极尽飞檐走壁之能事，如果练字的时候笔管上驮着好几两重的金属，一旦握起不加附件的竹管，当然会龙飞蛇舞，得心应手了。写一寸径的大字，也有人主张用悬腕法，甚至悬肘法，写字如站桩，挺起腰板，咬紧牙关，正襟危坐，道貌岸然，在这种姿态中写出来的字，据说是能力透纸背。现代的人无须受这种折磨。"科学"已经废除了，只会写几个"行""阅""如拟""照办"，便可为官。自来水笔代替了毛笔，横行左行也可以应酬问世，写字一道，渐渐地要变成"国粹"了。

当作一种艺术看，中国书法是很独特的。因为字是艺术，所以什么"永字八法"之类的说数，其效用也就和"新诗作法""小说作法"相差不多，绳墨当然是可以教的，而巧妙各有不同，关键在于个人。写字最容易泄露一个人的个性，所谓"字如其人"大抵不诬。如果每个字都方方正正，其人大概拘谨；如果伸胳臂拉腿的都逸出格外，其人必定豪放。字瘦如柴，其人必如排骨；字如墨猪，其人必近于"五百斤油"。所以郑板桥的字，就应该是那样的倾斜古怪，才和他那吃狗肉傲公卿的气概相称；颜鲁公的字就应该是那样的端庄凝重，才和他的临难不苟的品格相合，其间无丝毫勉强。

在"文字国"里，需要写字的地方特别多，擘窠大字至蝇头小楷，都有用途。可惜的是，写字的人往往不能用其所长，且常用错了地方。譬如，凿石摹壁的大字，如果不能使山川生色，就不如给当铺酱园写写招牌，至不济也可以给煤栈写"南山高煤"。有些人的字不宜在壁上题诗，改写春联或"抬头见喜"就合适得多。有的人写字技术非常娴熟，在茶壶盖上写"一片冰心"是可以胜任的，却偏爱给人题跋字画。中堂条幅对联，其实是人人都可以写的，不过悬挂的地点应该有个分别，有的宜于挂在书斋客堂，有的宜于挂在饭铺理发馆，求其环境配合，气味相投，如是而已。

"善书者不择笔"，此说未必尽然，秃笔写铁线篆，未尝不可，临赵孟𫖯《心经》就有困难。字写得坚挺俊俏，所用大概是尖毫。

笔墨纸砚，对于字的影响是不可限量的。有时候写字的人除了工具之外还讲究一点特殊的技巧，最妙者无过于某公之一笔虎，八尺的宣纸，布满了一个"虎"字，气势磅礴，一气呵成，尤其是那一直竖，顶天立地的笔直一根杉木似的，煞是吓人。据说，这是有特别办法的，法用马弁一名，牵着纸端，在写到那一竖的时候把笔顿好，喊一声"拉"，马弁牵着纸就往后扯，笔直的一竖自然完成。

写字的人有瘾，瘾大了就非要替人写字不可，看着人家的白扇面，就觉得上面缺点什么，至少也应该有"精气神"三个字。相传有人爱写字，尤其是爱写扇子，后来腿坏，以至无扇可写；人问其故，原来是大家见了他就跑，他追赶不上了。如果字真写到好处，当然不需腿健，但写字的人究竟是腿健者居多。

读画

《随园诗话》："画家有读画之说，余谓画无可读者，读其诗也。"随园老人这句话是有见地的。读是读诵之意，必有文章词句然后方可读诵，画如何可读？所以读画云者，应该是读诵画中之诗。

诗与画是两个类型，在对象、工具、手法各方面均不相同。但是类型的混淆，古已有之。在西洋，所谓Ut pictura poesis，"诗既如此，画亦同然"，早已成为艺术批评上的一句名言。我们中国也特别称道王摩诘的"画中有诗，诗中有画"。究竟诗与画是各有领域的。我们读一首诗，可以欣赏其中的景物的描写，所谓"历历如绘"，但诗之极致究竟别有所在，其着重点在于人的概念与情感。所谓诗意、诗趣、诗境，虽然多少有些抽象，究竟是以语言文字来表达最为适宜。我们看一幅画，可以欣赏其中所蕴藏的诗的情趣，但是并非所有的画都有诗的情趣，而且画的主要的功用是在描绘一个意象。我们说读画，实在是在画里寻诗。

"蒙娜丽莎"的微笑，即是微笑，笑得美，笑得甜，笑得有味道，但是我们无法追问她为什么笑，她笑的是什么。尽管有许多人在猜这个微笑的谜，其实都是多此一举。有人以为她是因为发现自己怀孕了而微笑，那微笑代表女性的骄傲与满足；有人说："怎见得她是因为发觉怀孕而微笑呢？也许她是因为发觉并未怀孕而微笑呢？"这样地读下去，是读不出所以然来的。会心的微笑，只能心领神会，非文章词句所能表达。像《蒙娜丽莎》这样的画，还有一些奥秘的意味可供揣测。此外像Watts①的《希望》，画的是一个女人跨在地球上弹着一只断了弦的琴，也还有一点象征的意思可资领会，但是Sorolla②的《二姊妹》，除了耀眼的阳光之外还有什么诗可读？再如Sully③的《戴破帽子的孩子》，画的是一个孩子头上顶着一个破帽子，除了那天真无邪的脸上的光线掩映之外还有什么诗可读？至于Chase④的一幅《静物》，可能只是两条死鱼翻着白肚子躺在盘上，更没有什么

---

① 即乔治·费德里科·沃茨（1817—1904），英国著名画家、雕塑家，象征主义代表画家之一。代表作有《希望》《爱》《生命》等。
② 即华金·索罗拉·巴斯蒂达（1863—1923），西班牙画家，19世纪末20世纪初西班牙最优秀的印象派画家之一。代表作有《垂钓归来》《在花园里午睡》《悲伤的遗产》等。
③ 即托马斯·苏利（1783—1872），美国画家，出生于英国，作品以肖像画和历史为主题。代表作有《跨越特拉华河》《伊丽莎·瑞奇里女士与竖琴》等。
④ 即威廉·梅里特·切斯（1849—1916），美国画家和艺术教育家，以肖像画、风景画和静物画闻名。代表作有《土耳其页码》《露天早餐》《海边》等。

可说的了。

也许中国画里的诗意较多一点。画山水不是《春山烟雨》，就是《江皋烟树》，不是《云林行旅》，就是《春浦帆归》，只看画题，就会觉得诗意盎然。尤其是文人画家，一肚皮不合时宜，在山水画中寄托了隐逸超俗的思想，所以山水画的境界成了中国画家人格之最完美的反映。即使是小幅的花卉，像李复堂①、徐青藤②的作品，也有一股豪迈潇洒之气跃然纸上。

画中已经有诗，有些画家还怕诗意不够明显，在画面上更题上或多或少的诗词字句。自宋以后，这已成了大家所习惯接受的形式，有时候画上无字反倒觉得缺点什么。中国字本身有其艺术价值，若是题写得当，也不难看。西洋画无此便利，《拾穗人》③上面若是用鹅翎管写上一首诗，那就不堪设想。在画上题诗，至少说明了一点，画里面的诗意有用文字表达的必要。一幅

---

① 即李鱓（1686—1756），字宗扬，号复堂，别号懊道人、墨磨人。清代著名画家，工诗文书画，"扬州八怪"之一。曾随蒋廷锡、高其佩学画，后受石涛影响，擅花卉、竹石、松柏。代表作有《土墙蝶花图》《松藤图》等。
② 即徐渭（1521—1593），初字文清，后改字文长，号青藤老人、青藤道士等。明中期文学家、书画家，中国"泼墨大写意画派"创始人，"青藤画派"之鼻祖，其泼墨写意花鸟画别开生面，自成一家。代表作有《墨葡萄》《榴实图》等。
③ 又译《拾穗者》，法国画家让·弗朗索瓦·米勒创作的一幅布面油画，现藏巴黎奥塞美术馆。

酣畅的泼墨画,画着两棵大白菜,墨色浓淡之间充分表示了画家笔下控制水墨的技巧,但是画面的一角题了一行大字:"不可无此味,不可有此色。"这张画的意味不同了,由纯粹的画变成了一幅具有道德价值的概念的插图。金冬心①的一幅墨梅,篆籀纵横,密圈铁线,清癯高傲之气扑人眉宇,但是半幅之地题了这样的词句:"晴窗呵冻,写寒梅数枝,胜似与猫儿狗儿盘桓也……"顿使我们的注意力由斜枝细蕊转移到那个清高的画士。画的本身应该能够表现画家所要表现的东西,不需另假文字为之说明,题画的办法有时使画不复成为纯粹的画。

我想画的最高境界不是可以读得懂的,一说到读便牵涉到文章词句,便要透过思想的程序,而画的美妙处在于透过视觉而直诉诸人的心灵,画给人的一种心灵上的享受,不可言说,说便不着。

---

① 即金农(1687—1764),字寿门,号冬心先生,又号稽留山民、曲江外史、昔耶居士等。清初书画家、镌刻家,工诗书画印。首创"漆书",颇具特色,富于金石意味,善画山水、人物、花卉,画风古朴。与郑燮、高翔、汪士慎等人并称"扬州八怪"。

诗人

有人说："在历史里一个诗人似乎是神圣的，但是一个诗人在隔壁便是个笑话。"这话不错。看看古代诗人画像，一个个的都是宽衣博带，飘飘欲仙，好像不食人间烟火的样子，《辋川图》里的人物，弈棋饮酒，投壶流觞，一个个的都是儒冠羽衣，意态萧然，我们只觉得摩诘当年，千古风流，而他在苦吟时堕入醋瓮里的那副尴尬相，并没有人给他写画流传。我们凭吊浣花溪畔的工部草堂，遥想杜陵野老典衣易酒卜居茅茨之状，吟哦沧浪，主管风骚，而他在耒阳狂啖牛炙①白酒胀饫②而死的景象，却不雅观。我们对于死人，照例是隐恶扬善，何况是古代诗人，篇章遗传，好像是痰唾珠玑，纵然有些小小乖僻，自当加以美化，更可资为谈助。王摩诘堕入醋瓮，是他自己的醋瓮，不是我们家的水缸；杜工部旅中困顿，累的是耒阳知县，不是向

---

① 意为烤牛肉。
② 意为饱胀。饫，音同玉，意为饱。

我家叨扰。一般人读诗，犹如观剧，只是在前台欣赏，并无须侧身后台打听优伶身世，即使刺听得多少奇闻轶事，也只合作为梨园掌故而已。

假如一个诗人住在隔壁，便不同了。虽然几乎家家门口都写着"诗书继世长"，懂得诗的人并不多。如果我是一个名利中人，而隔壁住着一个诗人，他的大作永远不会给我看，我看了也必以为不值一文钱，他会给我以白眼，我看着他一定也不顺眼。诗人没有常光顾理发店的，他的头发作飞蓬状，作狮子狗状，作艺术家状。他如果是穿中装的，一定像是算命瞎子，两脚泥；他如果是穿西装的，一定是像卖毛毯子的白俄，一身灰。他游手好闲，他白昼作梦，他无病呻吟，他有时深居简出，闭门谢客，他有时终年流浪，到处为家，他哭笑无常，他饮食无度，他有时贫无立锥，他有时挥金似土。如果是个女诗人，她口里可以衔只大雪茄；如果是男的，他向各形各色的女人去膜拜。他喜欢烟、酒、小孩、花草、小动物——他看见一只老鼠可以作一首诗，他在胸口上摸出一只虱子也会作成一首诗。他的生活习惯有许多与人不同的地方。有一个人告诉我，他曾和一个诗人比邻，有一次同出远游，诗人未带牙刷，据云留在家里为太太使用，问之曰："你们原来共享一把吗？"诗人大惊曰："难道你们是各用一把吗？"

诗人住在隔壁，是个怪物，走在街上尤易引起误会。伯朗宁有一首诗《当代人对诗人的观感》，描写一个西班牙的诗人性好观察社会人生，以致被人误认为是一个特务，这是何等的讥讽！他穿的是一身破旧的黑衣服，手杖敲着地，后面跟着一条秃瞎老狗，看着鞋匠修理皮鞋，看人切柠檬片放在饮料里，看焙咖啡的火盆，用半只眼睛看书摊，谁虐打牲畜谁咒骂女人都逃不了他的注意——所以他大概是个特务，把观察所得呈报国王。看他那个模样儿，上了点年纪，那两道眉毛，亏他的眼睛在下面住着！鼻子的形状和颜色都像魔爪。某甲遇难，某乙失踪，某丙得到他的情妇——还不都是他干下的事？他费这样大的心机，也不知得多少报酬。大家都说他回家用晚膳的时候，灯火辉煌，墙上挂着四张名画，二十名裸体女人给他捧盘换盏。其实，这可怜的人过的乃是另一种生活，他就住在桥边第三家，新油刷的一幢房子，全街的人都可以看见他交叉着腿，把脚放在狗背上，和他的女仆在打纸牌，吃的是酪饼水果，十点钟就上床睡了。他死的时候还穿着那件破大衣，没膝的泥，吃的是面包壳，脏得像一条熏鱼！

这位西班牙的诗人还算是幸运的，被人当作特务，在另一个国度里，这样一个形迹可疑的诗人可能成为特务的对象。

变戏法的总要念几句咒，故弄玄虚，增加他的神秘，诗人也不免几分江湖气，不是谪仙，就是鬼才，再不就是梦笔生花，总有几分阴阳怪气。外国诗人更厉害，作诗时能直接地祷求神助，好像是仙灵附体的样子。

一颗沙里看出一个世界，
一朵野花里看出一个天堂，
把无限抓在你的手掌里，
把永恒放进一刹那的时光。

若是没有一点慧根的人，能说出这样的鬼话吗？你不懂？你是蠢才！你说你懂，你便可跻身于风雅之林，你究竟懂不懂，天知道。

大概每个人都曾经有过做诗人的一段经验。在"怨黄莺儿作对，怪粉蝶儿成双"的时节，看花谢也心惊，听猫叫也难过，诗就会来了，如枝头舒叶那么自然。但是入世稍深，渐渐煎熬成为一颗"煮硬了的蛋"，散文从门口进来，诗从窗口出去了。"嘴唇在不能亲吻的时候才肯唱歌。"一个人如果达到相当年龄，还不失赤子之心，经风吹雨打，方寸间还能诗意盎然，他是得天独厚，他是诗人。

诗不能卖钱，一首新诗，如拈断数根须即能脱稿，那成本还是轻的，怕的是像牡蛎肚里的一颗明珠，那本是一块病，经过多久的滋润涵养才能磨炼孕育成功，写出来到哪里去找顾主？诗不能给富人客厅里摆设作装潢，诗不能给广大的读者以娱乐。富人要的是字画珍玩，大众要的是小说、戏剧，诗，短短一橛，充篇幅都不中用。诗是这样无用的东西，所以以诗为业的诗人，如果住在你的隔壁，自然是个笑话。将来在历史上能否就成为神圣，也很渺茫。

读书乐

读书好像是苦事，小时嬉戏，谁爱读书？即读书，还要经过无数次的考试，面临威胁，担惊害怕。长大就业之后，不想奋发精进则已，否则仍然要继续读书。我从前认识一位银行家，镇日价①筹划盈虚，但是他床头摆着一套英译《法朗士全集》，每晚翻阅几页，日久读毕全书，引以为乐。宦场中、商场中有不少可敬的人物，品位很高，嗜读不倦，可见到处都有读书种子，以读书为乐，并非全是只知道争权夺利之辈。我们中国自古就重视读书，据说秦始皇日读一百二十斤重的竹简公文才就寝。《鹤林玉露》②载："唐张参为国子司业，手写九经，每言读书不如写书。高宗以万乘之尊，万畿之繁，乃亦亲洒宸翰，遍写九经，云章粲然，始终如一，自古帝王所未有也。"从前没有印刷的时候讲究抄书，抄书一遍比读书一遍还要受用，如今印刷发达，得书

---

① 意为整日，从早到晚，整天。价，用在某些状语后面，无实义。
② 宋代罗大经所著的文言轶事小说。

容易，又有缩印影印之术，无辗转抄写之烦，读书之乐乃大为增加。想想从前所谓"学富五车"，是指以牛车载竹简，仅等于今之十万字弱。纪元前一千年以羊皮纸抄写一部《圣经》需要三百张羊皮！那时候图书馆里的书是用铁链锁在桌上的！《听雨纪谈》①有一段话：

> 苏文忠公作《李氏山房藏书记》曰："于犹及见老儒先生言其少时，《史记》《汉书》皆手自书，日夜诵读，唯恐不及。近岁，诸子百家，转相摹刻，学者之于书，多且易致其文辞学术当倍蓰昔人。而后学之士皆束书不观，游谈无根。"苏公此言切中今时学者之病，盖古人书籍既少，凡有藏者率皆手录。盖以其得之之难故，其读亦不苟。到唐世始有版刻，至宋而益盛，虽云便于学者，然以其得之之易，遂有蓄之而不读，或读之而不灭裂，则以有板刻之故。无怪乎今之不如古也。

其言虽似言之成理，但其结论今不如古则非事实。今日书多易得，有便于学子，读书之乐岂古人之所能想象？今之读书人所面临之一大问题乃图书之选择，开卷有益，实未必然，即有益

---

① 明代都穆所撰。

之书其价值亦大有差别，罗斯金①说得好："所有的书可分为两大类：风行一时的书与永久不朽的书。"我们的时间有限，读书当有选择。各人志趣不同，当读之书自然亦异，唯有一共同标准可适用于我们全体国人。凡是中国人皆应熟读我国之经典，如《诗》《书》《礼》，以及《论语》《孟子》，再如《春秋左氏传》《史记》《汉书》以及《资治通鉴》或近人所著通史，这都是我国传统文化之所寄。如谓文字艰深，则多有今注今译之版本在。其他如子、集之类，则各随所愿。

人生苦短，而应读之书太多。人生到了一个境界，读书不是为了应付外界需求，不是为人，是为己，是为了充实自己，使自己成为一个明白事理的人，使自己的生活充实而有意义。吾故曰：读书乐。我想起英国十八世纪诗人一句诗——

Stuff the head

With all such reading as was never read.

大意是："把从未读过的书籍，赶快塞进脑袋里去。"

---

① 即约翰·罗斯金（1819—1900），英国作家、美术评论家。代表作有《时至今日》《芝麻与百合》《野橄榄花冠》等。

好书谈

从前有一个朋友说,世界上的好书,他已经读尽,似乎再没有什么好书可看了。当时许多别的朋友不以为然,而较长一些的朋友就更以为狂妄。现在想想,却也有些道理。

世界上的好书本来不多,除非爱书成癖的人(那就像抽鸦片抽上瘾一样的),真正心悦诚服地手不释卷,实在有些稀奇。还有一件最令人气短的事,就是许多最伟大的作家往往没有什么凭借,但却做了后来二三流的人的精神上的财源了。柏拉图、孔子、屈原,他们一点一滴,都是人类的至宝,可是要问他们从谁学来的,或者读什么人的书而成就如此,恐怕就是最善于说谎的考据家也束手无策。这事有点怪!难道真正伟大的作家,读书不读书没有什么关系吗?读好书或读坏书也没有什么影响吗?

叔本华曾经说好读书的人就好像惯于坐车的人,久而久之,就不能在思想上迈步了。这真唤醒人的迷梦不小！小说家瓦塞曼竟又说过这样的话，认为倘若为了要鼓起创作的勇气，只有读二流的作品。因为在读二流的作品的时候，他可以觉得只要自己一动手就准强。倘读第一流的作品却往往叫人减却了下笔的胆量。这话也不能说没有部分的真理。

也许世界上天生就有种人是作家，有种人是读者。这就像天生有种人是演员，有种人是观众；有种人是名厨，有种人却是所谓"老饕"①。演员是不是十分热心看别人的戏，名厨是不是爱尝别人的菜，我也许不能十分确切地肯定。但我见过一些作家，却确乎不大爱看别人的作品。如果是同时代的人，更如果是和自己的名气不相上下的人，大概尤其不愿意寓目。我见过一个名小说家，他的桌上空空如也，架上仅有的几本书是他自己的新著，以及自己所编过的期刊。我也曾见过一个名诗人（新诗人），他的唯一读物是《唐诗三百首》，而且在他也尽有多余之感了。这也不一定只是由于高傲，如果分析起来，也许是比高傲还复杂的一种心理。照我想，也许是真像厨子（哪怕是名厨），天天看见油锅油勺，就腻了。除非自己逼不得已而下厨房，大概再不愿意去接触这些家伙，甚而不愿意见一些使他可以联想到这些家伙的物事。职业的辛酸，有时也是外人不

---

① 意为贪吃之人。

晓得的。唐代的阎立本不是不愿意自己的儿子再做画师吗？以教书为生活的人，往往看见别人在声嘶力竭地讲授，就会想到自己，于是觉得"惨不忍闻"。做文章更是一桩呕心沥血的事，成功失败都要有一番产痛，大概因此之故不忍读他人的作品了。

撇开这些不说，站在一个纯粹读者而论，却委实有好书不多的实感。分量多的书，糟粕也就多。读读杜甫的选集十分快意，虽然有些佳作也许漏过了选者的眼光。读全集怎么样？叫人头痛的作品依然不少。据说有把全集背诵一字不遗的人，我想这种人不是缺乏美感，就只是为了训练记忆。顶讨厌的集子更无过于陆放翁，分量那么大，而佳作却真寥若晨星。反过来，《古诗十九首》、郭璞《游仙诗》十四首却不能不叫人公认为人类的珍珠宝石。钱锺书的小说里曾说到一个产量大的作家，在房屋恐慌中，忽然得到一个新居，满心高兴，谁知一打听，才知道是由于自己的著作汗牛充栋的结果，把自己原来的房子压塌，而一直落在地狱里了。这话诚然有点儿刻薄，但也许对于像陆放翁那样不知趣的笨伯有一点点儿益处。

古今来的好书，假若让我挑选，我举不出十部。而且因为年龄、环境的不同，也不免随时有些更易。单就目前论，我想是《柏拉图对话录》《论语》《史记》《世说新语》《水浒传》

《庄子》《韩非子》，如此而已。其他的书名，我就有些踌躇了。或者有人问，你自己的著作可以不可以列上？我很悲哀，我只有毫不踌躇地放弃附骥之想了。一个人有勇气（无论是糊涂或欺骗）是可爱的，可惜我不能像上海某名画家，出了一套世界名画选集，却只有第一本，那就是他自己的"杰作"！

影响我的几本书

我喜欢书，也还喜欢读书，但是病懒，大部分时间荒嬉掉了！所以实在没有读过多少书。年届而立，才知道发愤，已经晚了。几经丧乱，席不暇暖，像董仲舒三年不窥园，米尔顿五年隐于乡，那样有良好环境专心读书的故事，我只有艳羡。多少年来所读之书，随缘涉猎，未能专精，故无所成。然亦间有几部书对于我个人为学做人之道不无影响。究竟哪几部书影响较大，我没有思量过，直到八年前有一天邱秀文来访问我，她提出了这么一个问题，她问我所读之书有哪几部使我受益较大。我略为思索，举出七部书以对，略加解释，语焉不详。邱秀文记录得颇为翔实，亏她细心地联缀成篇，并以标题《梁实秋的读书乐》，后来收入她的一个小册《智者群像》，时报文化出版公司出版。最近联副推出一系列文章，都是有关书和读书的，编者要我也插上一脚，并且给我出了一个题目《影响我的几本书》。我当时觉得自己好像是一个考生，遇到考官出了一个我不久以前做过的题目，自以为驾轻就熟，写起来省事，于是色然而喜，欣然应命。题目像是旧的，文字却是新的。这便是我写这篇东西的由来。

第一部影响我的书是《水浒传》。我在十四岁进清华才开始读小说，偷偷地读，因为那时候小说被视为"闲书"，在学校里看小说是悬为厉禁的。但是我禁不住诱惑，偷闲在海甸一家小书铺买到一部《绿牡丹》，密密麻麻的小字光纸石印本，晚上钻在蚊帐里偷看，也许近视眼就是这样养成的。抛卷而眠，翌晨忘记藏起，查房的斋务员在枕下一摸，手到擒来。斋务主任陈筱田先生唤我前去应询，瞪着大眼厉声咤问："这是嘛？"（天津话"嘛"就是"什么"）随后把书往地上一丢，说："去吧！"算是从轻发落，没有处罚，可是我忘不了那被叱责的耻辱。我不怕，继续偷看小说，又看了《肉蒲团》《灯草和尚》《金瓶梅》，等等。这几部小说，并不使我满足，我觉得内容庸俗、粗糙、下流。直到我读到《水浒传》才眼前一亮，觉得这是一部伟大的作品，不愧金圣叹称之为"第五才子书"，可以和《庄》、《骚》、《史记》、杜诗并列。我一读，再读，三读，不忍释手。曾试图默诵一百零八条好汉的姓名绰号，大致不差（并不是每一人物都栩栩如生，精彩的不过五分之一，有人说每一个人物都有特色，那是夸张）。也曾试图搜集香烟盒里（是大联珠还是前门？）一百零八条好汉的图片。这部小说实在令人着迷。

《水浒传》作者施耐庵在元末以赐进士出身，生卒年月不详，一生经历我们也不得而知。这没有关系，我们要读的是书。有人说《水浒传》作者是罗贯中，根本不是他，这也没有关系，我们要读的是书。《水浒传》有七十回本，有一百回本，有一百十五回本，有一百二十回本，问题重重；整个故事是否早先有过演化的历史而逐渐形成的，也很难说；故事是北宋淮安大盗一伙人在山东寿张县梁山泊聚义的经过，有多大部分与历史符合有待考证。凡此种种都不是顶重要的事。《水浒传》的主题是"官逼民反，替天行道"。一个个好汉直接间接地吃了官的苦头，有苦无处诉，于是铤而走险，逼上梁山，不是贪图山上的大碗酒大块肉。官，本来是可敬的。奉公守法公忠体国的官，史不绝书。可是一朝权在手便把令来行的贪污枉法的官却也不在少数。人踏上仕途，很容易被污染，会变成为另外一种人。他说话的腔调会变，他脸上的筋肉会变，他走路的姿势会变，他的心的颜色有时候也会变。"尔俸尔禄，民脂民膏"，过骄奢的生活，成特殊阶级，也还罢了，若是为非作歹，鱼肉乡民，那罪过可大了。《水浒传》写的是平民的一股怨气。不平则鸣，容易得到读者的同情，有人甚至不忍责那些非法的杀人放火的勾当。有人以终身不入官府为荣，怨毒中人之深可想。

较近的人及叛乱事件，义和团之乱是令人难忘的。我生于庚子后二年，但是清廷的糊涂，八国联军之肆虐，从长辈口述得知梗概。义和团是由洋人教士勾结官府压迫人民所造成的，其意义和梁山泊起义不同,不过就其动机与行为而言,我怜其愚,我恨其妄,而又不能不寄予多少之同情。义和团不可以一个"匪"字而一笔抹煞。英国俗文学中之罗宾汉的故事,其劫强济贫目无官府的游侠作风之所以能赢得读者的赞赏,也是因为它能伸张一般人的不平之感。我读了《水浒》之后,我认识了人间的不平。

我对于《水浒》有一点极为不满。作者好像对于女性颇不同情。《水浒》里的故事对于所谓奸夫淫妇有极精彩的描写,而显然地对于女性特别残酷。这也许是我们传统的大男人主义,一向不把女人当人,即使当作人也是次等的人。女人有所谓贞操,而男人无。《水浒》为人抱不平,而没有为女人抱不平。这虽不足为《水浒》病,但是《水浒》对于欣赏其不平之鸣的读者在影响上不能不打一点折扣。

第二部书该数《胡适文存》。胡先生在我们同一时代,长我十一岁,我们很容易忽略其伟大,其实他是我们这一代人在思想、学术、道德、人品上最为杰出的一个。我读他的《文存》的时候,我尚在清华没有卒业。他影响我的地方有三:

一是他的明白清楚的白话文。明白清楚并不是散文艺术的极致,却是一切散文必须具备的起码条件。他的《文学改良刍议》,现在看起来似嫌过简,在当时是振聋发聩的巨著。他对白话文学史的看法,他对于文学(尤其是诗)的艺术的观念,现在看来都有问题。例如他直到晚年还坚持说律诗是"下流"的东西,骈四俪六当然更不在他眼里。这是他的偏颇的见解。可是在五四前后,文章写得像他那样明白晓畅、不枝不蔓的能有几人?我早年写作,都是以他的文字作为模仿的榜样。不过我的文字比较杂乱,不及他的纯正。

二是他的思想方法。胡先生起初倡导杜威的实验主义,后来他就不弹此调。胡先生有一句话,"不要被别人牵着鼻子走!"像是给人的当头棒喝。我从此不敢轻信人言。别人说的话,是者是之,非者非之,我心目中不存有偶像。胡先生曾为文批评时政,也曾为文对什么主义质疑,他的几位老朋友劝他不要发表,甚至要把已经发排的稿件擅自抽回,胡先生说:"上帝尚且可以批评,什么人什么事不可批评?"他的这种批评态度是可佩服的。从大体上看,胡先生从不侈谈革命,他还是一个"儒雅为业"的人,不过他对于往昔之不合理的礼教是不惜加以批评的。曾有人家里办丧事,求胡先生"点主",胡先生断然拒绝,并且请他阅看《胡适文存》里有关"点主"的一篇文章,其人读了之后翕然诚服。胡先生对于任何一件事都要寻根问底,不肯盲从。他常说他有考据癖,其实也就是独立思考的习惯。

三是他的认真严肃的态度。胡先生说他一生没写过一篇不用心写的文章，看他的文存就可以知道确是如此，无论多小的题目，甚至一封短札，他也是像狮子搏兔似的全力以赴。他在庐山偶然看到一个和尚的塔，作了八千多字的考证。他对于《水经注》所下的功夫是惊人的。曾有人劝他移考证《水经注》的功夫去做更有意义的事，他说不，他说他这样做是为了要把研究学问的方法传给后人。我对于《水经注》没有兴趣，胡先生的著作我没有不曾读过的，唯《水经注》是例外。可是他治学为文之认真的态度，是我认为应该取法的。有一次他对几个朋友说，写信一定要注明年、月、日，以便查考。我们明知我们的函件将来没有人会来研究考证，何必多此一举？他说不，要养成这个习惯。我接受他的看法，年、月、日都随时注明。有人写信谨注月日而无年分，我看了便觉得缺憾。我译莎士比亚，大家知道，是由于胡先生的倡导。当初约定一年译两本，二十年完成，可是我拖了三十年。胡先生一直关注这件工作，有一次他由台湾岛飞到美国，随身携带在飞机上阅读的书包括《亨利四世》下篇的译本。他对我说他要看看中译的莎士比亚能否令人看得下去。我告诉他，能否看得下去我不知道，不过我是认真翻译的，没有随意删略，没敢潦草。他说俟全集译完之日为我举行庆祝，可惜那时他已经不在了。

第三本书是白璧德的《卢梭与浪漫主义》。白璧德（Irving Babbitt）是哈佛大学教授，是一位与时代潮流不合的保守主义学者，我选过他的"英国十六世纪以后的文学批评"一课，觉得他很有见解，不但有我们前所未闻的见解，而且是和我自己的见解背道而驰。于是我对他发生了兴趣。我到书店把他的著作五种一股脑儿买回来读，其中最有代表性的是他的这一本《卢梭与浪漫主义》。他毕生致力于批判卢梭及其代表的浪漫主义，他针砭流行的偏颇的思想，总是归根到卢梭的自然主义。有一幅漫画讽刺他，画他匍匐地面揭开被单窥探床下有无卢梭藏在底下。白璧德的思想主张，我在《学衡》杂志所刊吴宓、梅光迪几位介绍文字中已略为知其一二，只是《学衡》固执地使用文言，对于一般受了五四洗礼的青年很难引起共鸣。我读了他的书，上了他的课，突然感到他的见解平正通达而且切中时弊。我平夙心中蕴结的一些浪漫情操几为之一扫而空。我开始省悟，五四以来的文艺思潮应该根据历史的透视而加以重估。我在学生时代写的第一篇批评文字《中国现代文学之浪漫的趋势》就是在这个时候写的。随后我写的《文学的纪律》《文人有行》，以至于较后对于辛克莱"拜金艺术"的评论，都可以说是受了白璧德的影响。

白璧德对东方思想颇有渊源，他通晓梵文经典及儒家与老庄的著作。《卢梭与浪漫主义》有一篇很精彩的附录论老庄的"原始主义"，他认为卢梭的浪漫主义颇有我国老庄的色彩。白璧德的基本思想是与古典的人文主义相呼应的新人文主义。他强调人生三境界，而人之所以为人在于他有内心的理性控制，不令感情横决。这就是他念念不忘的人性二元论。《中庸》所谓"天命之谓性,率性之谓道,修道之谓教",孔子所说的"克己复礼",正是白璧德所乐于引证的道理。他重视的不是 élan vital(柏格森所谓的"创造力")而是 élan frein(克制力)。一个人的道德价值,不在于做了多少事,而是在于有多少事他没有做。白璧德并不说教,他没有教条,他只是坚持一个态度——健康与尊严的态度。我受他的影响很深,但是我不曾大规模地宣扬他的作品。我在新月书店曾经辑合《学衡》上的几篇文字为一小册印行,名为《白璧德与人文主义》,并没有受到人的注意。若干年后,宋淇先生为美国新闻处编译一本《美国文学批评》,其中有一篇是《卢梭与浪漫主义》的一章,是我应邀翻译的,题目好像是《浪漫的道德》。三十年代左倾仁兄们鲁迅及其他谥我为"白璧德的门徒",虽只是一顶帽子,实也当之有愧,因为白璧德的书并不容易读,他的理想很高也很难身体力行,称为门徒谈何容易!

第四本书是叔本华的《隽语与箴言》(*Maxims and Counsels*)。这位举世闻名的悲观哲学家,他的主要作品 *The World as Will and Idea*[①] 我没有读过,可是这部零零碎碎的札记性质的书却给我莫大的影响。

---

① 《作为意志和表象的世界》。

叔本华的基本认识是：人生无所谓幸福，不痛苦便是幸福。痛苦是真实的，存在的，积极的；幸福则是消极的，并无实体的存在。没有痛苦的时候，那种消极的感受便是幸福。幸福是一种心理状态，而非实质的存在。基于此种认识，人生努力方向应该是尽量避免痛苦，而不是追求幸福，因为根本没有幸福那样的一个东西。能避免痛苦，幸福自然就来了。

我不觉得叔本华的看法是诡辩。不过避免痛苦不是一件简单的事，需要慎思明辨，更需要当机立断。

第五部书是斯陶达的《对文明的反叛》（Lothrop Stoddard: The Revolt Against Civilization）。这不是一部古典名著，但是影响了我的思想。民国十四年①，潘光旦在纽约哥伦比亚大学念书，住在黎文斯通大厦，有一天我去看他，他顺手拿起这一本书，竭力推荐要我一读。光旦是优生学者，他不但赞成节育，而且赞成"普罗列塔利亚"少生孩子，优秀的知识分子多生孩子，只有这样做，民族的品质才有希望提高。一人一票的"德谟克拉西"是不合理的，古希腊的"亚里士多克拉西"较近于理想。他推崇孔子，但不附和孟子的平民之说。他就是这样有坚定信念而非常固执的一位学者。他郑重推荐这一本书，我想必有道理，果然。

---

① 即一九二五年。

斯陶达的生平不详，我只知道他是美国人，一八八三年生，一九五〇年卒，《对文明的反叛》出版于一九二二年，此外还有《欧洲种族的实况》（一九二四年）、《欧洲与我们的钱》（一九三二年）及其他。这本《对文明的反叛》的大意是：私有财产为人类文明的基础。有了私有财产的制度，然后人类生活形态，包括家庭的、社会的、政治的、经济的各方面，才逐渐地发展而成为文明。马克斯①与恩格斯于一八四八年发表的一个小册子 *Manif est der Kommunisten*②声言私有财产为一切罪恶的根源，要彻底地废除私有财产制度，言激而辩。斯陶达认为这是反叛文明，是对整个人类文明的打击。

文明发展到相当阶段会有不合理的现象，也可称之为病态。所以有心人就要想法改良补救，也有人就想象一个理想中的黄金时代，选为希望中的目标。《礼记·礼运》所谓的"大同"，虽然孔子说"大道之行也，与三代之英，丘未之逮也"，实则"大同"乃是理想世界，在尧舜时代未必实现过，就是禹、汤、文武周公的"小康之治"恐怕也是想当然耳。西洋哲学家如柏拉图、如斯多葛派创始者季诺（Zeno）、如陶斯玛·摩尔③及其他，都有理想世界的描写。耶稣基督也是常以慈善为教，要人共

---

① 今译马克思。
② 即《共产党宣言》。
③ 今译托马斯·莫尔。

享财富。许多教派都不准僧侣自蓄财产。英国诗人柯律芝①与骚赛（Colerdge and Southey）在一七九四年根据卢梭与高德文②（Godwin）的理想居然想到美洲的宾夕凡尼亚③去创立一个共产社区，虽然因为缺乏经费而未实现，其不满于旧社会的激情可以想见。不满于文明社会之现状，是相当普遍的心理。凡是有同情心和正义感的人，对于贫富悬殊壁垒分明的现象无不深恶痛绝。不过从事改善是一回事，推翻私有财产制度又是一回事。像一七九二年巴黎公社之引起恐怖统治，就是一个极不幸的例子。至于以整个国家甚至以整个世界孤注一掷地做一个渺茫的理想的实验，那就太危险了。文明不是短期能累积起来的，却可毁灭于一旦。斯陶达心所谓危，所以写了这样的一本书。

第六部书是《六祖坛经》。我与佛教本来毫无瓜葛。抗战时在北碚缙云山上缙云古寺偶然看到太虚法师领导的汉藏理学院，一群和尚在翻译佛经，香烟缭绕，案积贝多树叶帖帖然，字斟句酌，庄严肃穆。佛经的翻译原来是这样谨慎而神圣的，令人肃然起敬。知客法舫，彼此通姓名后得知他是《新月》的读者，相谈甚欢，后来他送我一本他作的《金刚经讲话》，我读了也没有什

---

① 今译柯勒律治。
② 今译戈德温。
③ 今天通译宾夕法尼亚。

么领悟。三十八年①我在广州，中山大学外文系主任林文铮先生是一位狂热的密宗信徒，我从他那里借到《六祖坛经》，算是对于禅宗作了初步的接触，谈不上了解，更谈不到开悟。在丧乱中我开始思索生死这一大事因缘。在六榕寺瞻仰了六祖的塑像，对于这位不识字而能顿悟佛理的高僧有无限的敬仰。

《六祖坛经》不是一人一时所作，不待考证就可以看得出来，可是禅宗大旨尽萃于是。禅宗主张不立文字，但阐明宗旨还是不能不借重文字。据我浅陋的了解，禅宗主张顿悟，说起来简单，实则甚为神秘。棒喝是接引的手段，公案是参究的把鼻。说穿了即是要人一下子打断理性的逻辑的思维，停止常识的想法，蓦然一惊之中灵光闪动，于是进入一种不思善不思恶、无生无死、不生不死的心理状态。在这状态之中得见自心自性，是之谓明心见性，是之谓言下顿悟。

有一次我在胡适之先生面前提起铃木大拙，胡先生正色曰："你不要相信他，那是骗人的！"我不作如是想。铃木不像是有意骗人，他可能确是相信禅宗顿悟的道理。胡先生研究禅宗历史十分渊博，但是他自己没有做修持的功夫，不曾深入禅宗的奥秘。事实上他无法打入禅宗的大门，因为禅宗大旨本非理性的

---

① 即一九四九年。

文字所能解析说明，只能用简略的象征的文字来暗示。在另一方面，铃木也未便以胡先生为门外汉而加以轻蔑。因为一进入文字辩论的范围便必须使用理性的逻辑的方式才足以服人。禅宗的境界用理性逻辑的文字怎样解释也说不明白，须要自身体验，如人饮水，冷暖自知。所以我看胡适、铃木之论战根本是不必要的，因为两个人不站在一个层次上。一个说有鬼，一个说没有鬼，能有结论吗？

我个人平夙的思想方式近于胡先生类型，但是我也容忍不同的寻求真理的方法。《哈姆雷特》一幕二景，哈姆雷特见鬼之后对于来自威吞堡的学者何瑞修说："宇宙间无奇不有，不是你的哲学全能梦想得到的。"我对于禅宗的奥秘亦作如是观。《六祖坛经》是我最初亲近的佛书，带给我不少喜悦，常引我作超然的遐思。

第七部书是卡赖尔①的《英雄与英雄崇拜》（Carlyle: On Heroes Heroworship and the Heroic in History），原是一系列的演讲，刊于一八四一年。卡赖尔的文笔本来是汪洋恣肆、气势不凡，这部书因为原是讲稿，语气益发雄浑，滔滔不绝的有雷霆万

---

① 今译卡莱尔，即托马斯·卡莱尔（1795—1881），苏格兰哲学家、政论家、讽刺作家。代表作有《论英雄》《过去与现在》等。

钩之势。他所谓的英雄，不是专指搴旗斩将、攻城略地的武术高超的战士而言，举凡卓越等伦①的各方面的杰出人才，他都认为是英雄，神祇、先知、国王、哲学家、诗人、文人都可以称为英雄，如果他们能做人民的领袖、时代的前驱、思想的导师。卡赖尔对于人类文明的历史发展有一基本信念，他认为人类文明是极少数的领导人才所创造的。少数的杰出人才有所发明，于是大众跟进。没有睿智的领导人物，浑浑噩噩的大众就只好停留在浑浑噩噩的状态之中。证之于历史，确是如此。这种说法和孙中山先生所说"先知先觉、后知后觉、不知不觉"，若合符节。卡赖尔的说法，人称之为"伟人学说"（Great Man Theory）。他说政治的妙谛在于如何把有才智的人放在统治者的位置上去。他因此而大为称颂我们的科举取士的制度。不过他没注意到取士的标准大有问题，所取之士的品质也就大有问题。好人出头是他的理想，他们憧憬的是贤人政治。他怕听"拉平者"（Levellers）那一套议论，因为人有贤不肖，根本不平等。仅管尽力拉平世间的不平等的现象，领导人才与人民大众对于文明的贡献究竟不能等量齐观。

我接受卡赖尔的伟人学说，但是我同时强调伟人的品质。尤其是政治上的伟人责任重大，如果他的品质稍有问题，例如

---

① 意为同辈、同类，与之同等。

轻言改革，囿于私见，涉及贪婪，用人不公，立刻就会灾及大众，祸国殃民。所以我一面崇拜英雄，一面深厌独裁。我愿他泽及万民，不愿他成为偶像。卡赖尔不信时势造英雄，他相信英雄造时势。我想是英雄与时势交相影响。卡赖尔受德国菲士特①（Fichte）的影响，以为一代英雄之出世涵有"神意"（"divine idea"），又受喀尔文②（Calvin）一派清教思想的影响，以为上帝的意旨在指挥英雄人物。这种想法现已难以令人相信。

第八部书是玛克斯·奥瑞利斯③（Marcus Aurelius Antoninus）的《沉思录》（*Meditations*），这是西洋斯托亚④派哲学最后一部杰作，原文是希腊文，但是译本极多，单是英文译本自十七世纪起至今已有二百多种。在我国好像注意到这本书的人不多。我在一九五九年将此书译成中文，由协志出版公司印行。作者是一千八百多年前的罗马帝国的皇帝，以皇帝之尊而成为苦修的哲学家，并且给我们留下这样的一部书真是奇事。

斯托亚派哲学涉及三个部门：物理学、论理学、伦理学。

---

① 今译费希特。
② 今译加尔文。
③ 今译马可·奥勒留。
④ 今译斯多葛。全书同。

这一派的物理学，简言之，即是唯物主义加上泛神论，与柏拉图之以理性概念为唯一真实存在的看法正相反。斯多葛派认为只有物质的事物才是真实的存在，但是物质的宇宙之中偏存着一股精神力量，此力量以不同的形势出现，如人，如气，如精神，如灵魂，如理性，如主宰一切的原理，皆是。宇宙是神，人所崇奉的神祇只是神的显示。神话传说全是寓言。人的灵魂是从神那里放射出来的，早晚还要回到那里去。主宰一切的神圣原则即是使一切事物为了全体利益而合作。人的至善的理想即是有意识地为了共同利益而与天神合作。至于这一派的论理学则包括两部门，一是辩证法，一是修辞学，二者都是思考的工具，不太重要。玛克斯最感兴趣的是伦理学。按照这一派哲学，人生最高理想是按照宇宙自然之道理去生活。所谓"自然"不是任性放肆之意，而是上面说到的宇宙自然。人生除了美德无所谓善，除了罪行无所谓恶。美德有四：一为智慧，所以辨善恶；二为公道，以便应付一切悉合分际；三为勇敢，借以终止痛苦；四为节制，不为物欲所役。人是宇宙的一部分，所以对宇宙整体负有义务，应随时不忘本分，致力于整体利益。有时自杀也是正当的，如果生存下去无法善尽做人的责任。

《沉思录》没有明显地提示一个哲学体系，作者写这本书是在做反省的功夫，流露出无比的热诚。我很向往他这样的近于宗教的哲学。他不信轮回不信往生，与佛说异，但是他对于生死这一大事因缘却同样地不住地叮咛开导。佛示寂前,门徒环立,请示以后当以谁为师,佛说:"以戒为师。"戒为一切修行之本,无论根本五戒、沙弥十戒、比丘二百五十戒,以及菩萨十重四十八轻之性戒,其要义无非是克制。不能持戒,还说什么定慧?佛所斥为外道的种种苦行,也无非是戒的延伸与歪曲。斯托亚派的这部杰作坦示了一个修行人的内心了悟,有些地方不但可与佛说参证,也可以和我国传统的"天行健,君子以自强不息"以及"克己复礼"之说相印证。

英国十七世纪剧作家范伯鲁①(Vanbrugh)的《旧病复发》(*Relapse*)里有一个愚蠢的花花大少浮平顿爵士(Lord Foppington),他说了一句有趣的话:"读书乃是以别人脑筋制造出的东西以自娱。我以为有风度有身份的人可以凭自己头脑流露出来的东西而自得其乐。"书是精神食粮。食粮不一定要自己生产,自己生产的不一定会比别人生产的好。而食粮还是我们必不可或缺的。书像是一股洪流,是多年来多少聪明才智的人点点滴滴的汇集而成,很难得有人说毫无凭借地立地涌现出一部书。读书如交友,也靠缘分,吾人有缘接触的书各有不同。我读书不多,有缘接触了几部难忘的书,有如良师益友,获益非浅,略如上述。

---

① 即范布勒。

论散文

"散文"的对峙的名词,严格地讲,应该是"韵文",而不是"诗"。"诗"时常可以用各种的媒介物表现出来,各种艺术里都可以含着诗,所以有人说过,"图画就是无音的诗""建筑就是冻凝①的诗"。在图画建筑里面都有诗的位置,在同样以文字为媒介的散文里更不消说了。柏拉图的对话,是散文,但是有的地方也就是诗;陶渊明的《桃花源记》是散文,但是整篇的也就是一首诗。同时号称为诗的,也许里面的材料仍是散文。所以诗和散文在形式上划不出一个分明的界线,倒是散文和韵文可以成为两个适当的区别。这个区别的所在,便是形式上的不同:散文没有准定的节奏,而韵文有规则的音律。

散文对于我们人生的关系,较比韵文为更密切。至少我们要承认,我们天天所说的话都是散文。不过会说话的人不能就成为

---

① 指凝固。

一个散文家。散文也有散文的艺术。

　　一切的散文都是一种翻译。把我们脑子里的思想、情绪、想象译成语言文字。古人说，言为心声，其实文也是心声。头脑笨的人，说出来是蠢，写成散文也是拙劣；富于感情的人，说话固然沉挚①，写成散文必定情致缠绵；思路清晰的人，说话自然有条不紊，写成散文更能澄清澈底。由此可以类推。散文是没有一定的格式的，是最自由的，同时也是最不容易处置，因为一个人的人格思想，在散文里绝无隐饰的可能，提起笔来便把作者的整个的性格纤毫毕现地表示出来。在韵文里，格式是有一定的，韵法也是有准则的，无论你有没有什么高深的诗意，只消按照规律填凑起来，平平仄仄、一东二冬②地敷衍上去，看的时候行列整齐，读的时候声调铿锵，至少在外表上比较容易遮丑。散文便不然，有一个人便有一种散文，喀赖尔③（Calyle）翻译莱辛的作品的时候说："每人有他自己的文调，就如同他自己的鼻子一般。"布丰④（Buffon）说："文调就是那个人。"

---

① 意为深沉真挚。
② 一东、二冬指诗韵上平声中的第一、二韵部，数字代表声调次序，汉字代表韵部。见明末清初李渔《笠翁对韵》。
③ 今译托马斯·卡莱尔（1795—1881），苏格兰历史学家、散文家，主要作品有《法国革命》《论英雄、英雄崇拜和历史上的英雄事迹》《普鲁士腓特烈大帝史》等。
④ 今译布封（1707—1788），十八世纪法国著名作家、博物学家，代表作有《自然史》等。

文调的美纯粹是作者的性格的流露，所以有一种不可形容的妙处：或如奔涛澎湃，能令人惊心动魄；或是委婉流利，有飘逸之致；或是简练雅洁，如斩钉断铁……总之，散文的妙处真可说是气象万千，变化无穷。我们读者只有赞叹的份儿，竟说不出其奥妙之所以然。批评家哈立孙（Frederiok Harrison）说："试读服尔德①，狄孚②，绥夫特，高尔斯密③，你便可以明白，文字可以做到这样奥妙绝伦的地步，而你并不一定能找出动人的妙处究竟是那一种特质。你若是要检出这一个辞句好，那一个辞句妙，这个或那个字的音乐好听，使你觉得雄辩的，抒情的，图画的，那么美妙便立刻就消失了……"譬如说《左传》的文字好，好在哪里？司马迁的文笔妙，妙在哪里？这真是很难解说的。

凡是艺术都是人为的。散文的文调虽是作者内心的流露，其美妙虽是不可捉摸，而散文的艺术仍是所不可少的。散文的艺术便是作者的自觉的选择。弗老贝尔④（Flaubert）是散文的大

---

① 今译奥斯卡·王尔德（1854—1900），十九世纪英国著名作家、艺术家，唯美主义代表人物，以小说、戏剧、诗歌、童话闻名于世，代表作有《道林·格雷的画像》《夜莺与玫瑰》《快乐王子》等。
② 今译丹尼尔·笛福（1660—1731），英国著名作家，被誉为欧洲"小说之父""英国小说之父""英国报纸之父"，代表作有《鲁滨逊漂流记》。
③ 今译奥利弗·高尔斯密（1728—1774），英国十八世纪中叶杰出作家，其作品风格幽默、戏谑，代表作有《旅游者》《荒村》《威克菲牧师传》《世界公民》等。
④ 今译福楼拜（1821—1880），法国著名作家，代表作有《包法利夫人》等。

家，他选择字句的时候是何其的用心！他认为只有一个名词能够代表他心中的一件事物，只有一个形容词能够描写他心中的一种特色，只有一个动词能够表示他心中的一个动作。在万千的辞字之中他要去寻求那一个——只有那一个——合适的字，绝无一字的敷衍将就。他的一篇文字是经过这样的苦痛的步骤写成的，所以才能有纯洁无疵的功效。平常人的语言文字只求其能达，艺术的散文要求其能真实，——对于作者心中的意念的真实。福楼拜致力于字句的推敲，也不过是要求把自己的意念确切地表示出来罢了。至于字的声音，句的长短，都是艺术上所不可忽略的问题。譬如仄声的字容易表示悲苦的情绪，响亮的声音容易显出欢乐的神情，长的句子表示温和弛缓，短的句子代表强硬急迫的态度，在修辞学的范围以内，有许多的地方都是散文的艺术家所应当注意的。

散文的美妙多端，然而最高的理想也不过是"简单"二字而已。简单就是经过选择删芟以后的完美的状态。普通一般的散文，在艺术上的毛病，大概全是与这个简单的理想相反的现象。散文的毛病最常犯的无过于下面几种：（一）太多枝节，（二）太繁冗，（三）太生硬，（四）太粗陋。枝节多了，文章的线索便不清楚，读者要很用力地追寻文章的旨趣，结果是得不到一个单纯的印象。太繁冗，则读者易于生厌，并且在琐碎处致力太过，主要的意思反倒不能直诉于读者。太生硬，则无趣味，不能引人入胜。太粗陋则令人易生反感令人不愿卒读，并且也失掉纯洁的精神。散文的艺术中之最根本的原则，就是"割爱"。一句有趣的俏皮话，若与题旨无关，只得割爱；一段题外的枝节，与全文不生密切关系，也只得割爱；一个美丽的典故，一个漂亮的字眼，凡是与原意不甚洽合者，都要割爱。散文的美，不在乎你能写出多少旁征博引的故事穿插，亦不在多少典丽的辞句，而在能把心中的情思干干净净直截了当地表现出来。散文的美，美在适当。不肯割爱的人，在文章的大体上是要失败的。

散文的文调应该是活泼的，而不是堆砌的——应该是像一泓流水那样的活泼流动。要免除堆砌的毛病，相当的自然是必须保持的。用字用典要求其美，但是要忌其僻。文字若能保持相当的自然，同时也必须显示作者个人的心情，散文要写得亲切，即是要写得自然。希腊的批评家戴奥尼索斯批评柏拉图的文调说：

> 当他用浅显简单的辞句的时候，他的文调很令人欢喜的。因为他的文调可以处处看出是光明透亮，好像是最晶莹的泉水一般，并且特别的确切深妙，他只用平常的字，务求明白，不喜欢勉强粉饰的装点。他的古典的文字带着一种古老的斑斓，古香古色充满字里行间，显着一种欢畅的神情，美而有力；好像一阵和风从芬香的草茵上吹嘘过来一般……

简单的散文可以美得到这个地步。戴奥尼索斯称赞柏拉图的话，其实就是他的散文学说，他是标榜"亚典主义"反对"亚细亚主义"的。亚典主义的散文，就是简单的散文。

散文绝不仅是历史哲学及一般学识上的工具。在英国文学里，"感情的散文"（Impassioned Prose）虽然是很晚产生的一个类型，而在希腊时代我们该记得那个"高超的朗吉诺斯"（The sublime longinus），这一位古远的批评家说过，散文的功效不仅是诉于理性，对于读者是要以情移。感情的渗入，与文调的雅洁，据他说，便是文学的高超性的来由，不过感情的渗入，一方面固然救散文生硬冷酷之弊，在另一方面也足以启出恣肆粗陋的缺点。怎样才能得到文学的高超性，这完全要看在文调上有没有艺术的纪律。先有高超的思想，然后再配上高超的文调。有上帝开天辟地的创造，又有《圣经》那样庄严简练的文字，所以我们才有空前绝后的《圣经》文学。高超的文调，一方面是挟着感情的魔力，另一方面是要避免种种的卑陋的语气，和粗俗的辞句。近来写散文的人，不知是过分地要求自然，抑是过分地忽略艺术，常常地沦于粗陋之一途，无论写的是什么样的题目，类皆出之以嘻笑怒骂，引车卖浆之流的语气，和村妇骂街的口吻，都成为散文的正则。像这样恣肆的文字，里面有的是感情，但是文调，没有！

作文的三个阶段

我们初学为文,一看题目,便觉一片空虚,搔首踟蹰,不知如何落笔。无论是以"人生于世……"来开始,或以"时代的巨轮……"来开始,都感觉得文思枯涩难以为继,即或搜索枯肠,敷演成篇,自己也觉得内容贫乏索然寡味。胡适之先生告诉过我们:"有什么话,说什么话;话怎么说,就怎么说。"我们心中不免暗忖:本来无话可说,要我说些什么?有人认为这是腹笥太俭之过,疗治之方是多读书。"读万卷书,行万里路",固然可以充实学问增广见闻,主要的还是有赖于思想的启发,否则纵然腹笥便便①、搜章摘句,也不过是饾饤②之学,不见得就能做到"文如春华,思若涌泉"的地步。想象不充、联想不快、分析不精,辞藻不富,这是造成文思不畅的主要原因。

---

① 意为饱读诗书。腹笥,腹中的学问。笥,音同寺,书箱,喻指知识学问。
② 音同豆定,原指供陈设的食物,后喻指写文章堆砌辞藻。

度过枯涩的阶段,便又是一种境界。提起笔来,有个我在,"纵横自有凌云笔,俯仰随人亦可怜",对于什么都有意见,而且触类旁通、波澜壮阔,有时一事未竟而枝节横生,有时逸出题外而莫知所届,有时旁征博引而轻重倒置,有时作翻案文章,有时竟至"骂题",洋洋洒洒,拉拉杂杂,往好听里说是班固所谓的"下笔不能自休"。也许有人喜欢这种"长江大河一泻千里"式的文章,觉得里面有一股豪放恣肆的气魄。不过就作文的艺术而论,似乎尚大有改进的余地。

作文知道割爱,才是进入第三个阶段的征象。须知敝帚究竟不值珍视。不成熟的思想,不稳妥的意见,不切题的材料,不扼要的描写,不恰当的词字,统统要大刀阔斧地加以削删。芟除枝蔓之后,才能显着整洁而有精神,清楚而有姿态,简单而有力量。所谓"绚烂之极趋于平淡",就是这种境界。

文章的好坏,与长短无关。文章要讲究气势的宽阔、意思的深入,长短并无关系。长短要求其适度,性质需要长篇大论者不宜过于简略,性质需要简单明了者不宜过于累赘,如是而已。所以文章之过长过短,不以字数计,应以其内容之需要为准。常听见人说,近代人的生活忙碌,时间特别宝贵,对于文学作品都喜欢短篇小说、独幕剧之类,也许有人是这样的。不过我们都知道,长篇小说还是有更多的人看的,多幕剧也有更多的观众。人很少忙得不能欣赏长篇作品，倒是冗长无谓的文字，哪怕只是一两页，恹恹无生气，也令人难以卒读。

文章的好坏与写作的快慢无关。顷刻之间成数千言，未必斐然可诵；吟得一个字拈断数根须，亦未必字字珠玑。我们欣赏的是成品，不是过程。袁虎倚马草露布，"手不辍笔，俄得七纸"，固然资为美谈，究非常人轨范。文不加点的人，也许是早有腹稿。我们为文还是应该刻意求工、千锤百炼，虽不必"掷地作金石声"，总要尽力洗除一切肤泛猥杂的毛病。

文章的好坏与年龄无关。姜愈老愈辣，但"辣手作文章"的人并不一定即是耆耇①。头脑的成熟，艺术的造诣，与年龄时常不成正比。不过就一个人的发展过程而言，总要经过上面所说的三个阶段。

---

① 指德高望重的老者。耆，音同奇，指六十岁以上的老人。耇，古同"耈"，音同苟，年老，长寿。

辑五
在人生中品味自在：看开是智，看淡是福

有时候，只要把心胸敞开，快乐也会逼人而来。这个世界，这个人生，有其丑恶的一面，也有其光明的一面。良辰美景，赏心乐事，随处皆是。

——梁实秋

送行

"黯然销魂者,唯别而已矣。"遥想古人送别,也是一种雅人深致。古时交通不便,一去不知多久,再见不知何年,所以南浦唱支骊歌,灞桥折条杨柳,甚至在阳关敬一杯酒,都有意味。李白的船刚要启碇①,汪伦老远地在岸上踏歌而来,那幅情景真是历历如在目前。其妙处在于纯朴真挚,出之以潇洒自然。平夙莫逆于心,临别难分难舍。如果平常我看着你面目可憎,你觉得我语言无味,一旦远离,那是最好不过,只恨世界太小,唯恐将来又要碰头,何必送行?

在现代人的生活里。送行是和拜寿、送殡等等一样地成为应酬的礼节之一。"揪着公鸡尾巴"起个大早,迷迷糊糊地赶到车站码头,挤在乱哄哄人群里面,找到你的对象,扯几句淡话,好容易耗到汽笛一叫,然后作鸟兽散,吐一口轻松气,噘着大嘴回

---

① 意为起锚,开船。碇,音同定,系船的石礅。

家。这叫作周到。在被送的那一方面,觉得热闹,人缘好,没白混,而且体面,有这么多人舍不得我走,斜眼看着旁边的没人送的旅客,相形之下,尤其容易起一种优越之感,不禁精神抖擞,恨不得对每一个送行的人要握八次手,道十回谢。死人出殡,都讲究要有多少亲友执绋①,表示恋恋不舍,何况活人?行色不可不壮。

悄然而行似是不大舒服,如果别的旅客在你身旁耀武扬威地与送行的话别,那会增加旅中的寂寞。这种情形,中外皆然。Max Beerbohm②写过一篇《谈送行》,他说他在车站上遇见一位以演剧为业的老朋友在送一位女客,始而喁喁情话,俄而泪湿双颊,终乃汽笛一声,勉强抑止哽咽,向女郎频频挥手,目送良久而别。原来这位演员是在做戏,他并不认识那位女郎,他是属于"送行会"的一个职员。凡是旅客孤身在外而愿有人到站相送的,都可以到"送行会"去雇人来送。这位演员出身的人当然是送行的高手,他能放进感情,表演逼真。客人纳费③无多,在精神上受惠不浅。尤其是美国旅客,用金钱在国外可以购买一切,

---

① 原指送葬时帮助牵引灵柩,后泛指送葬。绋,音同弗,牵引棺材用的大绳。
② 马克斯·比尔博姆(1872—1956),英国散文家、剧评家、漫画家,代表作有《马克斯·比尔博姆文集》。
③ 意为交费,付钱。

如果"送行会"真的普遍设立起来,送行的人也不虞①缺乏了。

送行既是人生中所不可少的一桩事,送行的技术也便不可不注意到。如果送行只限于到车站码头报到,握手而别,那么问题就简单,但是我们中国的一切礼节把"吃"列为最重要的一个项目。一个朋友远别,生怕他饿着走,饯行是不可少的,恨不得把若干天的营养都一次囤积在他肚里。我想任何人都有这种经验,如有远行而消息外露(多半还是自己宣扬),他有理由期望着饯行的帖子纷至沓来,短期间家里可以不必开伙。还有些思虑更周到的人。把食物携在手上,亲自送到车上船上,好像是你在半路上会要挨饿的样子。

我永远不能忘记最悲惨的一幕送行。一个严寒的冬夜,车站上并不热闹,客人和送客的人大都在车厢里取暖,但是在长得没有止境的月台上却有黑压压的一堆送行的人,有的围着斗篷,有的戴着风帽,有的脚尖在洋灰地上敲鼓似的乱动,我走近一看,全是熟人,都是来送一位太太的。车快开了,不见她的踪影,原来在这一晚她还有几处饯行的宴会。在最后的一分钟,她来了。送行的人们觉得是在接一个人,不是在送一个人,一见她来到大家都表示喜欢,所有惜别之意都来不及表现了。她手上抱

---

① 意为不用担心。虞,担心,担忧。

着一个孩子，吓得直哭，另一只手扯着一个孩子，连跑带拖，她的头发蓬松着，嘴里喷着热气，像是冬天载重的骡子，她顾不得和送行的人周旋，三步两步地就跳上了车。这时候车已在蠕动。送行的人大部分都手里提着一点东西，无法交付，可巧我站在离车门最近的地方，大家把礼物都交给了我，"请您偏劳①给送上去吧！"我好像是一个圣诞老人，抱着一大堆礼物。我一个箭步蹿上了车，我来不及致辞，把东西往她身上一扔，回头就走。从车上跳下来的时候，打了几个转才立定脚跟。事后我接到她一封信，她说：

> 那些送行的都是谁？你丢给我那一堆东西，到底是谁送的？我在车上整理了好半天，才把那堆东西聚拢起来打成一个大包袱。朋友们的盛情算是给我添了一件行李。我愿意知道哪一件东西是哪一位送的，你既是代表送上车的，你当然知道，盼速见告。
>
> 计开：水果三筐，泰康罐头四个，果露两瓶，蜜饯四盒，饼干四罐，豆腐乳四罐，蛋糕四盒，西点八盒，纸烟八听，信纸信封一匣，丝袜两双，香水一瓶，烟灰碟一套，小钟一具，衣料两块，酱菜四篓，绣花拖鞋一双，大面包四

---

① 客套话，用于请人帮忙或谢人代自己做事。

个，咖啡一听，小宝剑两把……

这问题我无法答复，至今是个悬案。

我不愿送人，亦不愿人送我，对于自己真正舍不得离开的人，离别的那一刹那像是开刀。凡是开刀的场合照例是应该先用麻醉剂，使病人在迷蒙中度过那场痛苦，所以离别的苦痛最好避免。一个朋友说："你走，我不送你；你来，无论多大风多大雨，我要去接你。"我最赏识那种心情。

快乐

天下最快乐的事大概莫过于做皇帝。"首出庶物,万国咸宁。"①至不济可以生杀予夺,为所欲为。至于后宫粉黛三千,御膳八珍罗列,更是不在话下。清乾隆皇帝,"称八旬之觞,镌十全之宝"②,三下江南,附庸风雅。那副志得意满的神情,真是不能不令人兴起"大丈夫当如是也"③的感喟。

在穷措大④眼里,九五之尊,乐不可支。但是试起古今中外的皇帝于地下,问他们一生中是否全是快乐,答案恐怕相当复杂。西班牙国王拉曼三世(Abder Rahman Ⅲ,960)说过这么

---

① 意为天始生万物,人类从而获得生活之物质,万国皆安。首,始。庶物,众物,万物。咸,全,都。宁,安宁。
② 举起庆祝八十大寿的酒杯欢饮,镌刻十全十美的珍宝纪念。称,举起。觞,酒杯。乾隆五十六年(1791),乾隆皇帝八十岁,认为自己的文治武功已达到十全十美的地步,遂作《十全记》,自号十全老人。
③ 出自《史记·高祖本纪》:"嗟乎,大丈夫当如此也!"
④ 旧时称穷困的读书人。

一段话：

> 我于胜利与和平之中统治全国约五十年，为臣民所爱戴，为敌人所畏惧，为盟友所尊敬。财富与荣誉，权力与享受，呼之即来，人世间的福祉，从不缺乏。在这情形之中，我曾勤加计算，我一生中纯粹的真正幸福日子，总共仅有十四天。

御宇五十年，仅得十四天真正幸福日子。我相信他的话。宸谟睿略①，日理万机，很可能不如闲云野鹤之怡然自得。于此我又想起从一本英语教科书上读到一篇寓言，题目是《一个快乐人的衬衫》。某国王，端居大内，抑郁寡欢，虽极耳目声色之娱，而王终不乐。左右纷纷献计，有一位大臣言道：如果在国内找到一位快乐的人，把他的衬衫脱下来，给国王穿上，国王就会快乐。王韪其言②，于是使者四处寻找快乐的人，访遍了朝廷显要、朱门豪家，人人都有心事，家家都有一本难念的经，都不快乐。最后找到一位农夫，他耕罢在树下乘凉，裸着上身，大汗淋漓。使者问他："你快乐吗？"农夫说："我自食其力，无忧无虑！快乐极了！"使者大喜，便索取他的衬衣。农夫说："哎

---

① 指帝王的谋略。宸谟，音同沉默，出自唐邵说《代侯中庄谢封表》："宸谟独断，睿略潜行，曾未三年，克平二竖。"
② 认为他的话有道理。韪，音同委，是，对，赞同之意。

呀！我没有衬衣。"这位农夫颇似我们的禅门之"一丝不挂"。

常言道，"境由心生"，又说"心本无生因境有"。总之，快乐是一种心理状态。内心湛然①，则无往而不乐。吃饭睡觉，稀松平常之事，但是其中大有道理。大珠《顿悟入道要门论》："有源律师来问：'和尚修道，还用功否？'师曰：'用功。'曰：'如何用功？'师曰：'饥来吃饭，困来即眠。'曰：'一切人总如是，同师用功否？'师曰：'不同。'曰：'何故不同？'师曰：'他吃饭时不肯吃饭，百种须索；睡时不肯睡，千般计较。所以不同也。'律师杜口。"可是修行到心无挂碍，却不是容易事。

我认识一位唯心论的学者，平夙倡言意志自由，忽然被人绑架，系于暗室十有余日，备受凌辱，释出后他对我说："意志自由固然不诬②，但是如今我才知道身体自由更为重要。"常听人说烦恼即菩提，我们凡人遇到烦恼只是深感烦恼，不见菩提。

快乐是在心里，不假外求，求即往往不得，转为烦恼。叔本华的哲学是：苦痛乃积极的实在的东西，幸福快乐乃消极的根本不存在的东西。所谓快乐幸福乃是解除苦痛之谓。没有苦痛便是

---

① 意为安然、淡泊。
② 意为不妄、不假。

幸福。再进一步看，没有苦痛在先，便没有幸福在后。梁任公先生曾说："人生最快乐的事，莫过于看着一件工作的完成。"在工作过程之中，有苦恼也有快乐，等到大功告成，那一份"如愿以偿"的快乐便是至高无上的幸福了。

有时候，只要把心胸敞开，快乐也会逼人而来。这个世界，这个人生，有其丑恶的一面，也有其光明的一面。良辰美景，赏心乐事，随处皆是。智者乐水，仁者乐山。雨有雨的趣，晴有晴的妙，小鸟跳跃啄食，猫狗饱食酣睡，哪一样不令人看了觉得快乐？就是在路上，在商店里，在机关里，偶尔遇到一张笑容可掬的脸，能不令人快乐半天？有一回我住进医院里，僵卧了十几天，病愈出院，刚迈出大门，陡见日丽中天、阳光普照，照得我睁不开眼，又见市廛熙攘、光怪陆离，我不由得从心里欢叫起来："好一个艳丽盛装的世界！"

"幸遇三杯酒美，况逢一朵花新？"[①]我们应该快乐。

---

① 出自宋朝朱敦儒《西江月·世事短如春梦》。

旧

"我爱一切旧的东西——老朋友,旧时代,旧习惯,古书,陈酿;而且我相信,陶乐赛,你一定也承认我一向是很喜欢一位老妻。"这是高尔斯密的名剧《委曲求全》(*She Stoops to Conquer*)中那位守旧的老头儿哈德卡索先生说的话。他的夫人陶乐赛听了这句话,心里有一点高兴,这风流的老头子还是喜欢她,但是也不是没有一点愠意,因为这一句话的后半段说透了她的老。这句话的前半段没有毛病,他个人有此癖好,干别人什么事?而且事实上有很多人颇具同感,也觉得一切东西都是旧的好,除了朋友、时代、习惯、书、酒之外,有数不尽的事物都是越老越古越旧越陈越好。所以有人把这半句名言用花体正楷字母抄了下来,装在玻璃框里,挂在墙上,那意思好像是在向喜欢除旧布新的人挑战。

俗语说,"人不如故,衣不如新"。其实,衣着之类还是旧的舒适。新装上身之后,东也不敢坐,西也不敢靠,战战兢兢。我看见过有人全神贯注在他的新西装裤管上的那一条直线，坐下之后第一桩事便是用手在膝盖处提动几下，生恐膝部把他的笔直的裤管撑得变成了口袋。人生至此，还有什么趣味可说！看见过爱因斯坦的小照吗？他总是披着那一件敞着领口胸怀的松松大大的破夹克，上面少不了烟灰烧出的小洞，更不会没有一片片的汗斑油渍，但是他在这件破旧衣裳遮盖之下优哉游哉地神游于太虚之表。《世说新语》记载着："桓车骑不好着新衣，浴后妇故进新衣与，车骑大怒，催使持去，妇更持还，传语云，'衣不经新，何由得故？'桓公大笑着之。"桓冲真是好说话，他应该说，"有旧衣可着，何用新为？"也许他是为了保持阃①内安宁，所以才一笑置之。"杀头而便冠"的事情，我还没有见过；但是"削足而适履"的行为，则颇多类似的例证。一般人穿的鞋，其制作设计很少有顾到一只脚是有五个趾头的，穿这样的鞋虽然无需"削"足，但是我敢说五个脚趾绝对缺乏生存空间。有人硬是觉得，新鞋不好穿，敝屣不可弃。

"新屋落成"金圣叹列为"不亦快哉"之一，快哉尽管快哉，随后那"树小墙新"的一段暴发气象却是令人难堪。"欲存老盖千年意，为觅霜根数寸栽"，但是需要等待多久！一栋建筑要等到相当破旧，才能有"树林阴翳，鸟声上下"之趣，才能

---

① 音同捆，意为门槛，借指妇女居住的内室，也代指妇女。

有"苔痕上阶绿,草色入帘青"之乐。西洋的庭园,不时的要剪草,要修树,要打扮得新鲜耀眼,我们的园艺的标准显然的有些不同,即使是帝王之家的园囿也要在亭阁楼台画栋雕梁之外安排一个"濠濮间""谐趣园",表示一点点陈旧古老的萧瑟之气。至于讲学的上庠,要是墙上没有多年蔓生的常春藤,基脚上没有远年积留的苔藓,那还能算是第一流吗?

旧的事物之所以可爱,往往是因为它有内容,能唤起人的回忆。例如阳历尽管是我们正式采用的历法,在民间则阴历仍不能废,每年要过两个新年,而且只有在旧年才肯"新桃换旧符"。明知地处亚热带,仍然未能免俗要烟熏火燎地制造常常带有尸味的腊肉。端午的龙舟粽子是不可少的,有几个人想到那"露才扬己怨怼沉江"的屈大夫?还不是旧俗相因虚应故事?中秋赏月,重九登高,永远一年一度地引起人们的不可磨灭的兴味。甚至腊八的那一锅粥,都有人难以忘怀。至于供个人赏玩的东西,当然是越旧越有意义。一把宜兴砂壶,上面有陈曼生制铭镌句,纵然破旧,气味自然高雅。"樗蒲锦背元人画,金粟笺装宋版书"更是足以使人超然远举,与古人游。我有古钱一枚,"临安府行用,准参百文省",把玩之余不能不联想到南渡诸公之观赏西湖歌舞。我有胡桃一对,祖父常常放在手里揉动,"噶咯噶咯"地作响,后来又在我父亲手里揉动,也噶咯噶咯地响了几十年,圆滑红润,有如玉髓,真是先人手泽,现在轮到我手里噶咯噶咯地响了，好几次险些儿被我的儿孙辈敲碎取出桃仁来吃！每一个破落户都可以拿了几件旧东西来，这是不足为奇的事。国家亦然。多少衰败的古国都有不少的古物，可以令人惊羡，欣赏，感慨，唏嘘！

旧的东西之可留恋的地方固然很多，人生之应该日新又新的地方亦复不少。对于旧日的典章文物我们尽管喜欢赞叹，可是我们不能永远盘桓在美好的记忆境界里，我们还是要回到这个现实的地面上来。在博物馆里我们面对商周的吉金，宋元明的书画瓷器，可是溜酸双腿走出门外便立刻要面对挤死人的公共汽车，丑恶的市招，和各种饮料一律通用的玻璃杯！

旧的东西大抵可爱，惟旧病不可复发。诸如夜郎自大的脾气，奴隶制度的残余，懒惰自私的恶习，蝇营狗苟的丑态，畸形病态的审美观念，以及罄竹难书的诸般病症，皆以早去为宜，旧病才去，可能新病又来，然而总比旧疴新恙一时并发要好一些，最可怕的是，倡言守旧，其实只是迷恋骸骨；唯新是骛，其实只是摭拾皮毛，那便是新旧之间两俱失之了。

怒

一个人在发怒的时候,最难看。纵然他平夙面似莲花,一旦怒而变青变白,甚至面色如土,再加上满脸的筋肉扭曲,眦裂发指,那副面目实在不仅是可憎而已。俗语说,"怒从心上起,恶向胆边生",怒是心理的也是生理的一种变化。人逢不如意事,很少不勃然变色的。年少气盛,一言不合,怒气相加,但是许多年事已长的人,往往一样的火发暴躁。我有一位姻长,已到杖朝之年,并且半身瘫痪,每晨必阅报纸,戴上老花镜,打开报纸,不久就要把桌子拍得山响,吹胡瞪眼,破口大骂。报上的记载,他看不顺眼。不看不行,看了怄气。这时候大家躲他远远的,谁也不愿逢彼之怒。过一阵雨过天晴,他的怒气消了。

诗云:"君子如怒,乱庶遄沮;君子如祉,乱庶遄已。"①

---

① 出自《诗经·巧言》。

这是说有地位的人，赫然震怒，就可以收拨乱反正之效。一般人还是以少发脾气少惹麻烦为上。盛怒之下，体内血球不知道要伤损多少，血压不知道要升高几许，总之是不卫生。而且血气沸腾之际，理智不大清醒，言行容易逾分，于人于己都不相宜。希腊哲学家哀皮克蒂特斯说："计算一下你有多少天不曾生气。在从前，我每天生气；有时每隔一天生气一次；后来每隔三四天生气一次；如果你一连三十天没有生气，就应该向上帝献祭表示感谢。"减少生气的次数便是修养的结果。修养的方法，说起来好难。另一位同属于斯托亚派的哲学家罗马的玛可斯·奥瑞利阿斯这样说："你因为一个人的无耻而愤怒的时候，要这样地问你自己：'那个无耻的人能不在这世界存在吗？'那是不能的。不可能的事不必要求。"坏人不是不需要制裁，只是我们不必愤怒。如果非愤怒不可，也要控制那愤怒，使发而中节。佛家把"嗔"列为三毒之一，"嗔心甚于猛火"，克服嗔恚①是修持的基本功夫之一。《燕丹子》②说："血勇之人，怒而面赤；脉勇之人，怒而面青；骨勇之人，怒而面白；神勇之人，怒而色不变。"我想那神勇是从苦行修炼中得来的。生而喜怒不形于色，那天赋实在太厚了。

---

① 愤怒怨恨。恚，音同慧，怨气，怨恨。
② 共三卷。《隋书·经籍志》作一卷，作者不详。《旧唐书·经籍志》《新唐书·艺文志》各一卷，题为燕太子撰。

清朝初叶有一位李绂,著《穆堂类稿》,内有一篇《无怒轩记》,他说:"吾年逾四十,无涵养性情之学,无变化气质之功,因怒得过,旋悔旋犯,惧终于忿戾而已,因以'无怒'名轩。"是一篇好文章,而其戒谨恐惧之情溢于言表,不失读书人的本色。

沉默

我有一位沉默寡言的朋友。有一回他来看我,嘴边绽出微笑,我知道那就是相见礼,我肃客入座,他欣然就席。我有意要考验他的定力,看他能沉默多久,于是我也打破我的习惯,我也守口如瓶。二人默对,不交一语,壁上的时钟"嘀嗒嘀嗒"的声音特别响。我忍耐不住,打开一听香烟递过去,他便一支接一支地抽了起来,"吧嗒吧嗒"之声可闻。我献上一杯茶,他便一口一口地翕呷①,左右顾盼,意态萧然。等到茶尽三碗,烟罄半听,主人并未欠伸,客人兴起告辞,自始至终没有一句话。这位朋友,现在已归道山,这一回无言造访,我至今不忘。想不到"闻所闻而来,见所见而去"的那种六朝人的风度,于今之世,尚得见之。

明张鼎思《琅琊代醉编》有一段记载:"刘器之待制对客多

---

① 小口慢饮。

默坐，往往不交一谈，至于终日。客意甚倦，或谓去，辄不听，至留之再三。有问之者，曰：'人能终日危坐，而不欠伸敧侧，盖百无一二，其能之者必贵人也。'以其言试之，人皆验。"可见对客默坐之事，过去亦不乏其例。不过所谓"主贵"之说，倒颇耐人寻味。所谓贵，一定要有一副高不可攀的神情，纵然不拒人千里之外，至少也要令人生莫测高深之感，所以处大居贵之士多半有一种特殊的本领，两眼望天，面部无表情，纵然你问他一句话，他也能听若无闻，不置可否。这样的人，如何能不贵？因为深沉的外貌，正好掩饰内部的空虚，这样的人最宜于摆在庙堂之上。《孔子家语》明明地写着，孔子"入太祖后稷之庙，庙堂右阶之前有金人焉，三缄其口，而铭其背曰：'古之慎言人也。'"。这庙堂右阶的金人，不是为市井细民做榜样的。

謇谔之臣，骨鲠在喉，一吐为快，其实他是根本负有诤谏之责，并不是图一时之快。鸡鸣犬吠，各有所司，若有言官而钳口结舌，宁不有愧于鸡犬？至于一般的仁人君子，没有不愤世忧时的，其中大部分悯默无言，但有间或也有"宁鸣而死，不默而生"的人，这样的人可使当世的人为之感喟，为之击节，他不能全名养寿，他只能在将来历史上享受他应得的清誉罢了。在有"不发言的自由"的时候而甘愿放弃这一项自由，这也是个人的自由。在如今这个时代，沉默是最后的一项自由。

有道之士,对于尘劳烦恼早已不放在心上,自然更能欣赏沉默的境界。这种沉默,不是话到嘴边再咽下去,是根本没话可说,所谓"知者不言,言者不知"。世尊在灵山会上,拈花示众,众皆寂然,唯迦叶破颜微笑,这会心微笑胜似千言万语。莲池大师说得好;"世间酽醯醇醴①,藏而弥久而弥美者,皆繇封锢牢密不泄气故。古人云,'二十年不开口说话,向后佛也奈何你不得。'旨哉言乎!"二十年不开口说话,也许要把口闷臭,但是语言道断之后,性水澄清,心珠自现,没有饶舌的必要。基督教Carthusian②教派也是以沉默静居为修行法门,经常彼此不许说话。"此中有真意,欲辨已忘言。"

庄子说:"吾安得夫忘言之人而与之言哉?"现在想找真正懂得沉默的朋友,也不容易了。

---

① 指味道甘美的酒。酽,音同彦,指酒、醋味道厚重;醯,音同海,指古代用肉、鱼做成的酱;醇,音同纯,指酒味厚重;醴,音同礼,甜酒。
② 天主教加尔都西会。

男人

男人令人首先感到的印象是脏！当然，男人当中亦不乏刷洗干净、洁身自好的，甚至还有油头粉面、衣冠楚楚的，但大体讲来，男人消耗肥皂和水的数量要比较少些。某一男校，对于学生洗澡是强迫的，入浴签名，每周计核，对于不曾入浴的初步惩罚是宣布姓名，最后的断然处置是定期强迫入浴，并派员监视，然而日久玩生，签名簿中尚不无浮冒情事。有些男人，西装裤尽管挺直，他的耳后脖根，土壤肥沃，常常宜于种麦！袜子手绢不知随时洗涤，常常日积月累，到处塞藏，等到无可使用时，再从那一堆污垢存货当中拣选比较干净的去应急。有些男人的手绢，拿出来硬像是土灰面制的百果糕，黑乎乎黏成一团，而且内容丰富。男人的一双脚，多半好像是天然的具有泡菜霉干菜再加糖蒜的味道，所谓"濯足万里流"是有道理的，小小的一盆水确是无济于事，然而多少男人却连这一盆水都吝而不用，怕伤元气。两脚既然如此之脏，偏偏有些"逐臭之夫"喜于脚上藏垢纳污之处往复挖掘，然后嗅其手指，引以为乐！多少男人洗脸都是专洗本部，边疆一概不理，洗脸完毕，手背可以不湿，有的男人是在结婚后才开始刷牙。"扪虱而谈"的是男人。还有更甚于此者，曾有人当众搔背，结果是从袖口里面摔出一只老鼠！除了不可挽救的脏相之外，男人的脏大概是由于懒。

对了！男人懒。他可以懒洋洋坐在旋椅上，五官四肢，连同他的脑筋（假如有），一概停止活动，像呆鸟一般；"不闻夫博弈者乎……"那段话是专对男人说的。他若是上街买东西，很少时候能令他的妻子满意，他总是不肯多问几家，怕跑腿，怕费话，怕讲价钱。什么事他都嫌麻烦，除了指使别人替他做的事之外，他像残废人一样，对于什么事都愿坐享其成，而名之曰"室家之乐"。他提前养老，至少提前三二十年。

紧毗连着"懒"的是"馋"。男人大概有好胃口的居多。他的嘴，用在吃的方面的时候多，他吃饭时总要在菜碟里发现至少一英寸见方半英寸厚的肉，才能算是没有吃素。几天不见肉，他就喊"嘴里要淡出鸟儿来！"若真个三月不知肉味，怕不要淡出毒蛇猛兽来！有一个人半年没有吃鸡，看见了鸡毛帚就流涎三尺。一餐盛馔之后，他的人生观都能改变，对于什么都乐观起来。一个男人在吃一顿好饭的时候，他脸上的表情硬是在感谢上天待人不薄；他饭后衔着一根牙签，红光满面，硬是觉得可以骄人。主中馈的是女人，修食谱的是男人。

男人多半自私。他的人生观中有一基本认识，即宇宙一切均是为了他的舒适而安排下来的。除了在做事赚钱的时候不得不忍气吞声地向人奴膝婢颜外，他总是要做出一副老爷相。他的家便是他的国度，他在家里称王。他除了为赚钱而吃苦努力外，他是一个"伊比鸠派"，他要享受。他高兴的时候，孩子可以骑在他的颈上，他引颈受骑，他可以像狗似的满地爬；他不高兴时，他看着谁都不顺眼，在外面受了闷气，回到家里来加倍地发作。他不知道女人的苦处。女人对于他的殷勤委曲，在他看来，就如同犬守户、鸡司晨一样的稀松平常，都是自然现象。他说他爱女人，其实他不是爱，是享受女人。他不问他给了别人多少，但是他要在别人身上尽量榨取。他觉得他对女人最大的恩惠，便是把赚来的钱全部或一部分拿回家来，但是当他把一卷卷的钞票从衣袋里掏出来的时候，他的脸上的表情是骄傲的成分多，亲爱的成分少，好像是在说："看我！你行吗？我这样待你，你多幸运！"他若是感觉到这家不复是他的乐园，他便有多样的借口不回到家里来。他到处云游，他另辟乐园。他有聚餐会，他有酒会，他有桥会，他有书会画会棋会，他有夜会，最不济的还有个茶馆。他的享乐的方法太多。假如轮回之说不假，下世侥幸依然投胎为人，很少男人情愿下世做女人的。他总觉得这一世生为男身，而享受未足，下一世要继续努力。

"群居终日，言不及义"，原是人的通病，但是言谈的内容，却男女有别。女人谈的往往是"我们家的小妹又病了！""你们家每月开销多少？"之类。男人的是另一套，普通的方式，男人的谈话，最后不谈到女人身上便不会散场。这一个题目对男人最有兴味。如果有一个桃色案他们唯恐其和解得太快。他们好议论人家的阴私，好批评别人的妻子的性格相貌。"长舌男"是到处有的，不知为什么这名词尚不甚流行。

女人

有人说女人喜欢说谎；假如女人所捏撰的故事都能抽取版税，便很容易致富。这问题在什么叫作说谎。若是运用小小的机智，打破眼前小小的窘僵，获取精神上小小的胜利，因而牺牲一点点真理，这也可以算是说谎，那么，女人确是比较的富于说谎的天才。有具体的例证。你没有陪过女人买东西吗？尤其是买衣料，她从不干干脆脆地说要做什么衣，要买什么料，准备出多少钱。她必定要东挑西拣，翻天覆地，同时口中念念有词，不是嫌这匹料子太薄，就是怪那匹料子花样太旧，这个不禁洗，那个不禁晒，这个缩头大，那个门面窄，批评得人家一文不值。其实，满不是这么一回事，她只是嫌价码太贵而已！如果价钱便宜，其他的缺点全都不成问题，而且本来不要买的也要购储起来。一个女人若是因为炭贵而不生炭盆，她必定对人解释说："冬天生炭盆最不卫生，到春天容易喉咙痛！"屋顶渗漏，塌下盆大的灰泥，在未修补之前，女人便会向人这样解释："我预备在这地方安装电灯。"自己上街买菜的女人，常常只承认散步和呼吸新鲜空气是她上市的唯一理由。艳羡汽车的女人常常表示她最厌恶汽油的臭味。坐在中排看戏的女人常常说前排的头等座位最不舒适。一个女人馈赠别人,必说:"实在买不到什么好的,……"其实这东西根本不是她买的,是别人送给她的。一个女人表示愿意陪你去上街走走,其实是她顺便要买东西。总之,女人总欢喜拐弯抹角的,放一个小小的烟幕,无伤大雅,颇占体面。这也是艺术,王尔德不是说过"艺术即是说谎"吗?这些例证还只是一些并无版权的谎话而已。

女人善变,多少总有些哈姆雷特式,拿不定主意;问题大者如离婚结婚,问题小者如换衣换鞋,都往往在心中经过一读二读三读,决议之后再复议,复议之后再否决,女人决定一件事之后,还能随时做一百八十度的大转弯,做出那与决定完全相反的事,使人无法追随。因为变得急速,所以容易给人以"脆弱"的印象。莎士比亚有一名句:"'脆弱'呀,你的名字叫作'女人'!"但这脆弱,并不永远使女人吃亏。越是柔韧的东西越不易摧折。女人不仅在决断上善变,即便是一个小小的别针位置也常变,午前在领扣上,午后就许移到了头发上。三张沙发,能摆出若干阵势;几根头发,能梳出无数花头,讲到服装,其变化之多,常达到荒谬的程度。外国女人的帽子,可以是一根鸡毛,可以是半只铁锅,或是一个畚箕。中国女人的袍子,变化也就够多,领子高的时候可以使她像一只长颈鹿,袖子短的时候恨不得使两腋生风，至于纽扣盘花，绲边镶绣，则更加是变幻莫测。"上帝给她一张脸，她能另造一张出来。""女人是水做的"，是活水，不是止水。

女人善哭。从一方面看，哭常是女人的武器，很少人能抵抗她这泪的洗礼。俗语说："一哭二闹三上吊"，这一哭确实其势难当。但从另一方面看，哭也常是女人的内心的"安全瓣"。女人的忍耐的力量是伟大的，她为了男人，为了小孩，能忍受难堪的委屈。女人对于自己的享受方面，总是属于"斯托亚派"的居多。男人不在家时，她能立刻变成为素食主义者，火炉里能爬出老鼠，开电灯怕费电，再关上又怕费开关。平素既已极端刻苦，一旦精神上再受刺激，便忍无可忍，一腔悲怨天然地化作一把把的鼻涕眼泪，从"安全瓣"中汨汨而出，腾出空虚的心房，再来接受更多的委曲。女人很少破口骂人（骂街便成泼妇，其实甚少），很少揎袖挥拳，但泪腺就比较发达。善哭的也就常常善笑，眯眯地笑，哧哧地笑，咯咯地笑，哈哈地笑，笑是常驻在女人脸上的，这笑脸常常成为最有效的护照。女人最像小孩，她能为了一个滑稽的姿态而笑得前仰后合，肚皮痛，淌眼泪，以至于翻筋斗！哀与乐都像是常川有备，一触即发。

女人的嘴，大概是用在说话方面的时候多。女孩子从小就往往口齿伶俐，就是学外国语也容易朗朗上口，不像嘴里含着一个大舌头。等到长大之后，三五成群，说长道短，声音脆，嗓门高，如蝉噪，如蛙鸣，真当得好几部鼓吹！等到年事再长，万一堕入"长舌"型，则东家长，西家短，飞短流长，搬弄多少是非，惹出无数口舌；万一堕入"喷壶嘴"型，则琐碎繁杂，絮聒唠叨，一件事要说多少回，一句话要说多少遍，如喷壶下注，万流齐发，当者披靡，不可向迩！一个人给他的妻子买一件皮大衣，朋友问他："你是为使她舒适吗？"那人回答说："不是，为使她少说些话！"

女人胆小，看见一只老鼠而当场昏厥，在外国不算是奇闻。中国女人胆小不至如此，但是一声霹雷使得她拉紧两个老妈子的手而仍战栗不止，倒是确有其事。这并不是做作，并不是故意在男人面前作态，使他有机会挺起胸脯说："不要怕，有我在！"她是真怕。在黑暗中或荒僻处，没有人，她怕；万一有人，她更怕！屠牛宰羊，固然不是女人的事，杀鸡宰鱼，也不是不费手脚。胆小的缘故，大概主要的是体力不济。女人的体温似乎较低一些，有许多女人怕发胖而食无求饱，营养不足，再加上怕臃肿而衣裳单薄，到冬天瑟瑟打战，袜薄如蝉翼，把小腿冻得作"浆米藕"色，两只脚放在被里一夜也暖不过来，双手捧热水袋，从八月捧起，捧到明年五月，还不忍释手。抵抗饥寒之不暇，焉能望其胆大。

女人的聪明，有许多不可及处，一根棉线，一下子就能穿入针孔，然后一下子就能在线的尽头处打上一个结子，然后扯直了线在牙齿上"砰砰"两声，针尖在头发上擦抹两下，便能开始解决许多在人生中并不算小的苦恼，例如缝上衬衣的扣子，补上袜子的破洞之类。至于几根篾棍，一上一下地编出多少样物事，更是令人叫绝。有学问的女人，创辟"沙龙"，对任何问题能继续谈论至半小时以上，不但不令人入睡，而且令人疑心她是内行。

中年

钟表上的时针是在慢慢地移动着的,移动得如此之慢,使你几乎不感觉到它的移动,人的年纪也是这样的,一年又一年,总有一天会蓦然一惊,已经到了中年,到这时候大概有两件事使你不能不注意。讣闻不断地来,有些性急的朋友已经先走一步,很煞风景,同时又会忽然觉得一大批一大批的青年小伙子在眼前出现,从前也不知是在什么地方藏着的,如今一齐在你眼前摇晃,磕头碰脑的尽是些昂然阔步满面春风的角色,都像是要去吃喜酒的样子。自己的伙伴一个个地都入蛰了,把世界交给了青年人。所谓"耳畔频闻故人死,眼前但见少年多"①,正是一般人中年的写照。

从前杂志背面常有"韦廉士红色补丸"的广告,画着一个憔悴的人,弓着身子,手扪在腰上,旁边注着"图中寓意"四

---

① 出自白居易《悲歌》。

字。那寓意对于青年人是相当深奥的。可是这幅图画却常在一般中年人的脑里涌现，虽然他不一定想吃"红色补丸"，那点寓意他是明白的了。一根黄松的柱子，都有弯曲倾斜的时候，何况是二十六块碎骨头拼凑成的一条脊椎？年轻人没有不好照镜子的，在店铺的大玻璃窗前照一下都是好的，总觉得大致上还有几分姿色。这顾影自怜的习惯逐渐消失，以至于有一天偶然揽镜，突然发现额上刻了横纹，那线条是显明而有力，像是吴道子的"莼菜描"，心想那是抬头纹，可是低头也还是那样。再一细看头顶上的头发有搬家到腮旁颔下的趋势，而最令人怵目惊心的是，鬓角上发现几根白发，这一惊非同小可，平夙一毛不拔的人到这时候也不免要狠心地把它拔去，拔毛连茹，头发根上还许带着一颗鲜亮的肉珠。但是没有用，岁月不饶人！

一般的女人到了中年，更着急。哪个年轻女子不是饱满丰润得像一颗牛奶葡萄，一弹就破的样子？哪个年轻女子不是玲珑矫健得像一只燕子，跳动得那么轻灵？到了中年，全变了。曲线都还存在，但满不是那么回事，该凹入的部份变成了凸出，该凸出的部份变成了凹入，牛奶葡萄要变成为金丝蜜枣，燕子要变鹌鹑。最暴露在外面的是一张脸，从"鱼尾"起皱纹撒出一面网，纵横辐辏，疏而不漏，把脸逐渐织成一幅铁路线最发达的地图，脸上的皱纹已经不是熨斗所能烫得平的，同时也不知怎么在皱纹之外还常常加上那么多的苍蝇屎。所以脂粉不可少。除非粪土之墙，没有不可圬的道理。在原有的一张脸上再罩上一张脸，本是最简便的事。不过在上妆之前下妆之后容易令人联想起《聊斋志异》的那一篇《画皮》而已。女人的肉好像最禁不起地心的吸力，一到中年便一齐松懈下来往下堆摊，成堆的肉挂在脸上，挂在腰边，挂在踝际。听说有许多西洋女子用擀面杖似的一根棒子早晚浑身乱搓，希望把浮肿的肉压得结实一点，又有些人干脆忌食脂肪忌食淀粉，扎紧裤带，活生生地把自己"饿"回青春去。有多少效果，我不知道。

别以为人到中年，就算完事。不。譬如登临，人到中年像是攀跻到了最高峰。回头看看，一串串的小伙子正在"头也不回呀汗也不揩"地往上爬。再仔细看看，路上有好多块绊脚石，曾把自己磕碰得鼻青脸肿，有好多处陷阱，使自己做了若干年的井底蛙。回想从前，自己做过扑灯蛾，惹火焚身，自己做过撞窗户纸的苍蝇，一心想奔光明，结果落在粘苍蝇的胶纸上！这种种景象的观察，只有站在最高峰上才有可能。向前看，前面是下坡路，好走得多。

施耐庵《水浒》序云："人生三十未娶，不应再娶；四十未仕，不应再仕。"其实"娶""仕"都是小事，不娶不仕也罢，只是这种说法有点中途弃权的意味，西谚云："人的生活在四十才开始。"好像四十以前，不过是几出配戏，好戏都在后面。我想这与健康有关。吃窝头米糕长大的人，拖到中年就算不易，生命力已经蒸发殆尽。这样的人焉能再娶？何必再仕？服"维他赐保命"都嫌来不及了。我看见过一些得天独厚的男男女女，年轻的时候愣头愣脑的，浓眉大眼，生僵挺硬，像是一些又青又涩的毛桃子，上面还带着挺长的一层毛。他们是未经琢磨过的璞石。可是到了中年，他们变得润泽了，容光焕发，脚底下像是有了弹簧，一看就知道是内容充实的。他们的生活像是在饮窨藏多年的陈酿，浓而芳冽！对于他们，中年没有悲哀。

四十开始生活，不算晚，问题在"生活"二字如何诠释。如果年届不惑，再学习溜冰踢毽子放风筝，"偷闲学少年"，那自然有如秋行春令，有点勉强。半老徐娘，留着"刘海"，躲在茅房里穿高跟鞋当作踩高跷般地练习走路，那也是惨事。中年的妙趣，在于相当地认识人生，认识自己，从而做自己所能做的事，享受自己所能享受的生活。科班的童伶宜于唱全本的大武戏，中年的演员才能担得起大出的轴子戏，只因他到中年才能真懂得戏的内容。

老年

时间走得很停匀,说快不快,说慢不慢。不知从什么时候起在宴会中总是有人簇拥着你登上座,你自然明白这是离入祠堂之日已不太远。上下台阶的时候常有人在你肘腋处狠狠地搀扶一把,这是提醒你,你已到达了杖乡杖国的高龄,怕你一跤跌下去,摔成好几截。黄口小儿一晃的工夫就蹿高好多,在你眼前跌跌跄跄^①地跑来跑去,喊着阿公阿婆,这显然是在催你老。

其实人之老也,不需人家提示。自己照照镜子,也就应该心里有数。乌溜溜、毛毿毿^②的头发哪里去了?由黑而黄,而灰,而斑,而耄耄然,而稀稀落落,而牛山濯濯,活像一只秃鹫。瓠犀一般的牙齿哪里去了?不是熏得焦黄,就是裂着罅隙,再不就

---

① 意为晃荡不稳地蹦跳。跌跌,走路不稳的样子。跄,音同植,原指脚掌,也指蹦跳。
② 指毛发纷披散乱的样子。毵,音同三,形容毛发、枝条等细长的样子。

是露出七零八落的豁口。脸上的肉七棱八瓣,而且还平添无数雀斑,有时排列有序如星座,这个像大熊,那个像天蝎。下巴颏儿底下的垂肉变成了空口袋,捏着一揪,两层松皮久久不能恢复原状。两道浓眉之间有毫毛秀出,像是麦芒,又像是兔须。眼睛无端淌泪,有时眼角上还会分泌出一堆堆的桃胶凝聚在那里。总之,老与丑是不可分的。《尔雅》:"黄发、齯齿、鲐背、耇老,寿也。"寿自管寿,丑还是丑。

老的征象还多的是。还没有喝忘川水,就先善忘。文字过目不旋踵就飞到九霄云外,再翻寻有如海底捞针。老友几年不见,觌面说不出他的姓名,只觉得他好生面熟。要办事超过三件以上,需要结绳,又怕忘了哪一个结代表哪一桩事,如果笔之于书,又可能忘记备忘录放在何处。大概是脑髓用得太久,难免漫漶,印象当然模糊。目视茫茫,眼镜整天价戴上又摘下,摘下又戴上。两耳聋聩,无以与乎钟敲之声,倒也罢了,最难堪是人家说东你说西。齿牙动摇,咀嚼的时候像反刍,而且有时候还需要戴围嘴。至于登高腿软,久坐腰酸,睡一夜浑身关节滞涩,而且睁着大眼睛等天亮,种种现象不一而足。

老不必叹,更不必讳。花有开有谢,树有荣有枯。桓温看到他"种柳皆已十围,慨然曰:'木犹如此,人何以堪!'攀枝执条,泫然流泪。"桓公是一个豪迈的人,似乎不该如此。人吃到老，活到老，经过多少狂风暴雨惊涛骇浪，还能双肩承一喙，俯仰天地间，应该算是幸事。荣启期说，"人生有不见日月不免襁褓者"，所以他行年九十，认为是人生一乐，叹也无用，乐也无妨，生、老、病、死，原是一回事。有人讳言老，算起岁数来斤斤计较按外国算法还是按中国算法，好像从中可以讨到一年便宜。更有人老不歇心，怕以皤皤华首见人，偏要染成黑头。半老徐娘，驻颜无术，乃乞灵于整容郎中化妆师，隆鼻隼，抽脂肪，扫青黛眉，眼睫涂成两个黑窟窿。"物老为妖，人老成精。"人老也就罢了，何苦成精？

老年人该做老年事，冬行春令实是不祥。西塞罗说，"人无论怎样老，总是以为自己还可以再活一年。"是的，这愿望不算太奢。种种方面的人欠欠人，正好及时做个了结。贤者识其大，不贤者识其小，各有各的算盘，大主意自己拿。最低限度，别自寻烦恼，别管人事，别讨人嫌。"有人问莎孚克利斯，年老之后还有没有恋爱的事，他回答得好，'上天不准！我好容易逃开了那种事，如逃开凶恶的主人一般。'"这是说，老年人不再追求那花前月下的旖旎风光，并不是说老年人就一定如槁木死灰一般的枯寂。人生如游山。年轻的男男女女携着手儿陟彼高冈，沿途有无限的赏心乐事，兴会淋漓，也可能遇到一些挫沮，歧路彷徨，不过等到日云暮矣，互相扶持着走下山冈，却正别有一番情趣。白居易睡觉诗："老眠早觉常残夜，病力先衰不待年，五欲已销诸念息，世间无境可勾牵。"话是很洒脱，未免凄凉一些。五欲指财、色、名、饮食、睡眠。五欲全销，并非易事，人生总还有可留恋的在。江州司马泪湿青衫之后，不是也还未能忘情于诗酒吗？

谈幽默

幽默是humor的音译,译得好,音义兼顾,相当传神,据说是林语堂先生的手笔。不过"幽默"二字,也是我们古文学中的现成语。《楚辞·九章·怀沙》:"昫兮杳杳,孔静幽默。"幽默是形容山高谷深荒凉幽静的意思,幽是深,默是静。我们现在所要谈的幽默,正是意义深远耐人寻味的一种气质,与成语"幽默"二字所代表的意思似乎颇为接近。现在大家提起幽默,立刻想起原来"幽默"二字的意思了。

"幽默"一语所代表的那种气质,在西方有其特定的意义与历史。据古代生理学,人体有四种液体:血液、黏液、黄疸液、黑胆液。这些液体名为幽默(humours),与四元素有密切关联。血似空气,湿热;黄疸液似火,干热;黏液似水,湿冷;黑胆液似土,干冷。某些元素在某一种液体中特别旺盛,或几种液体之间失去平衡,则人生病。液体蒸发成气,上升至脑,于是人之体格上的、心理上的、道德上的特点于以形成,是之谓他的脾气性格,或径名之曰他的幽默。完好的性格是没有一种幽默主宰他。乐天派的人是血气旺,善良愉快而多情。胆气粗的人易怒,焦急,顽梗,记仇。黏性的人迟钝,面色苍白,怯懦。忧郁的人贪吃,畏缩,多愁善感。幽默之反常状态能进一步导致夸张的特点。在英国伊丽沙白①时代,"幽默"一词成了人的"性格"(disposition)的代名词,继而成了"情绪"(mood)的代名词。到了一六〇〇年,常以幽默作为人物分类的准绳。从十八世纪初起,英语中的幽默一语专用于语文中之足以引人发笑的一类。幽默作家常是别具只眼,能看出人类行为之荒谬、矛盾、滑稽、虚伪、可哂之处,从而以犀利简洁之方式一语点破。幽默与警语(wit)不同,前者出之以同情委婉之态度,后者出之以尖锐讽刺之态度,而二者又常不可分辨。例如莎士比亚创造的人物之中,孚斯塔夫②滑稽突梯,妙语如珠,便是混合了幽默与警语之最好的榜样之一。

"幽默"一词虽然是英译,可是任何民族都自有其幽默。常听人说我们中国人缺乏幽默感。在以儒家思想为正统的社会里,幽默可能是不被鼓励的,但是我们看《诗经·卫风·淇奥》,"善戏谑兮,不为虐兮",谑而不虐仍不失为美德。东方朔、

---

① 今译伊丽莎白。
② 今译福斯塔夫,莎士比亚历史剧《亨利四世》中的人物。

淳于髡，都是滑稽之雄。太史公曰："天道恢恢，岂不大哉？谈言微中，亦可以解纷。"为立滑稽列传。较之西方文学，我们文学中的幽默成分并不晚出，也并未被轻视。宋元明理学大盛，教人正心诚意居敬穷理，好像容不得幽默存在，但是文学作家，尤其是戏剧与小说的作者，在编写行文之际从来没有舍弃幽默的成分。几乎没有一部小说没有令人绝倒的人物，几乎没有一出戏没有小丑插科打诨。至于明末流行的笑话书之类，如冯梦龙《笑府序》所谓"古今世界一大笑府，我与若皆在其中供话柄，不话不成人，不笑不成话，不笑不话不成世界"，直把笑话与经书子史相提并论，更不必说了。我们中国人不一定比别国人缺乏幽默感，不过表现的方式容或不同罢了。

我们的国语只有四百二十个音缀，而语词不下四千（高本汉这样说）。这就是说，同音异义的字太多，然而这正大量提供了文字游戏的机会。例如诗词里"晴""情"二字相关，俗话中生熟的"生"与生育的"生"二字相关，都可以成为文字游戏。能说这是幽默吗？在英国文学里，相关语（pun）太多了，在十六世纪时还成了一种时尚，为雅俗所共赏。文字游戏不是上乘的幽默，灵机触动，偶一为之，尚无不可，滥用就惹人厌。幽默的精义在于其中所含的道理，而不在于舞文弄墨博人一粲。

所以善幽默者，所谓幽默作家（humourists），其人必定博学多识，而又悲天悯人，洞悉人情世故，自然的谈吐珠玑，令人解颐。英小说家萨克莱①于一八五一年作一连串演讲——《英国十八世纪幽默作家》，刊于一八五三年，历述绥夫特、斯特恩等的思想文字，着重点皆在于其整个的人格，而不在于其支离琐碎的妙语警句。幽默引人笑，引人笑者并不一定就是幽默。人的幽默感是天赋的，多寡不等，不可强求。

王尔德游美，海关人员问他有没有应该申报纳税的东西，他说："没有什么可申报的，除了我的天才之外。"这回答很幽默也很自傲。他可以这样说，因为他确是有他一分的天才。别人不便模仿他。我们欣赏他这句话，不是欣赏他的恃才傲物，是欣赏他讽刺了世人重财物而轻才智的陋俗的眼光。我相信他事前没有准备，一时兴到，乃脱口而出，语妙天下，讥嘲与讽刺常常有幽默的风味，中外皆然。

我有一次为文，引述了一段老的故事：某寺僧向人怨诉送往迎来不胜其烦，人劝之曰："尘劳若是，何不出家？"稿成，投寄某刊物，刊物主编以为我有笔误，改"何不出家"为"何必出家"，一字之差，点金成铁。他没有意会到，反语（irony）也往往是幽默的手段。

---

① 今译萨克雷。

谈时间

希腊哲学家Diogenes①经常睡在一只瓦缸里，有一天亚历山大皇帝走去看他，以皇帝的惯用口吻问他，"你对我有什么请求吗？"这位玩世不恭的哲人翻了翻白眼，答道："我请求你走开一点，不要遮住我的阳光。"

这个家喻户晓的小故事，究竟涵义何在，恐怕见仁见智各有不同的看法。我们通常总是觉得那位哲人视尊荣犹敝屣，富贵如浮云，虽然皇帝驾到，殊无异于等闲之辈，不但对他无所希冀，而且亦不必特别的假以颜色。可是约翰逊博士有另一种看法，他认为应该注意的是那阳光，阳光不是皇帝所能赐予的，所以请求他不要把他所不能赐予的夺了去。这个请求不能算奢，却是用意深刻。因此约翰逊博士由"光阴"悟到"时间"，时间也者虽然也是极为宝贵，而也是常常被人劫夺的。

---

① 第欧根尼（约前412—前323），古希腊哲学家，犬儒学派代表人物。

"人生不满百"大致是不错的。当然,老而不死的人,不是没有,不过期颐以上不是一般人所敢想望的,数十寒暑当中,睡眠去了很大一部分。苏东坡所谓"睡眠去其半"稍嫌有点夸张,大约三分之一总是有的。童蒙一段时期,说它是天真未凿也好,说它是昏昧无知也好,反正是浑浑噩噩,不知不觉;及至寿登耄耋,老悖聋瞆,甚至"佳丽当前,未能缱绻",比死人多一口气,也没有多少生趣可言。掐头去尾,人生所余无几。就是这短暂的一生,时间亦不见得能由我们自己支配。约翰逊博士所抱怨的那些不速之客,动辄登门拜访,不管你正在怎样忙碌,他觉得宾至如归,这种情形固然令人啼笑皆非,我觉得究竟不能算是怎样严重的"时间之贼"。他只是在我们的有限的资本上抽取一点捐税而已。我们的时间之大宗的消耗,怕还是要由我们自己负责。

有人说:"时间即生命。"也有人说:"时间即金钱。"二说均是,因为有人根本认为金银即生命。不过细想一下,有命斯有财,命之不存,财于何有?有钱不要命者,固然实繁有徒,但是舍财不舍命,仍然是较聪明的办法。所以《淮南子》说:"圣人不贵尺之璧而重寸之阴,时难得而易失也。"我们幼时,谁没作过"惜阴说"之类的课艺?可是谁又能趁早体会到时间之"难得而易失"?我小的时候,家里请了一位教师,书房上有一座钟,我和我的姊姊常乘教师不注意的时候把时钟往前拨快半个钟头,以便提早放学,后来被老师觉察了,他用朱笔在窗户纸上的太阳阴影划一痕记,作为放学的时刻,这才息了逃学的念头。

时光不断地在流转,任谁也不能攀住它停留片刻。"逝者如斯夫,不舍昼夜!"我们每天撕一张日历,日历越来越薄,快要撕完的时候便不免矍然以惊,惊的是又临岁晚,假使我们把几十册日历装为合订本,那便象征我们的全部的生命,我们一页一页地往下扯,该是什么样的滋味呢!"冬天一到,春天还会远吗?"可是你一共能看见几次冬尽春来呢?

不可挽住的就让它去吧!问题在,我们所能掌握的尚未逝去的时间,如何去打发它,梁任公先生最恶闻"消遣"二字,只有活得不耐烦的人才忍心去"杀时间"。他认为一个人要做的事太多,时间根本不够用,哪里还有时间可供消遣?不过打发时间的方法,亦人各不同,士各有志。乾隆皇帝下江南,看见运河上舟楫往来,熙熙攘攘,顾问左右:"他们都在忙些什么?"和珅侍卫在侧,脱口而出:"无非'名利'二字。"这答案相当正确,我们不可以人废言。不过三代以下唯恐其不好名,大概"名利"二字当中还是利的成分大些。"人为财死,鸟为食亡。"时间即金钱之说仍属不诬。诗人渥资华斯[①]有句:

---

① 今译华兹华斯(1770—1850),英国浪漫主义诗人,曾荣膺桂冠诗人,代表作有《序曲》《远游》等。

> 尘世耗用我们的时间太多了，夙兴夜寐，
> 赚钱挥霍，把我们的精力都浪费掉了。

所以有人宁可遁迹山林，享受那清风明月，"侣鱼虾而友麋鹿"，过那高蹈隐逸的生活。诗人济慈宁愿长时间地守着一株花，看那花苞徐徐展瓣，以为那是人间至乐。嵇康在大树底下扬槌打铁，"浊酒一杯，弹琴一曲"；刘伶"止则操卮执觚，动则挈榼提壶"，一生中无思无虑、其乐陶陶。这又是一种颇不寻常的方式。最彻底的超然的例子是《传灯录》所记载的"南泉和尚问陆亘曰：'大夫十二时中作么生？'陆云：'寸丝不挂！'"寸丝不挂即是了无挂碍之谓，"原来无一物，何处染尘埃？"这境界高超极了，可以说是"以天地为一朝，万期为须臾"，根本不发生什么时间问题。

人，诚如波斯诗人莪谟伽耶玛所说，来不知从何处来，去不知向何处去。来时并非本愿，去时亦未征得同意，糊里糊涂地在世间逗留一段时间。在此期间内，我们是以心为形役呢，还是立德立功立言以求不朽呢，还是参究生死直超三界呢？这大主意需要自己拿。

了生死

信佛的人往往要出家。出家所为何来？据说是为了一大事因缘，那就是要"了生死"。在家修行，其终极目的也是要"了生死"。生死是一件事，有生即有死，有死方有生，"了"即是"了断"之意。生死流转，循环不已，是为轮回，人在轮回之中，纵不堕入恶趣，生老病死四苦煎熬亦无乐趣可言。所以信佛的人要了生死，超出轮回，证无生法忍。出家不过是一个手段，习静也不过是一个手段。

但是生死果然能够了断吗？我常想，生不知所从来，死不知何处去，生非甘心，死非情愿，所谓人生只是生死之间短短的一橛。这种看法正是佛家所说"分段苦"。我们所能实际了解的也正是这样。波斯诗人莪谟伽耶玛的四行诗恰好说出了我们的感觉：

Into this universe, and why not knowing,

Nor whence, like water willy-nilly flowing;
And out of it, as wind along the waste,
I know not whither, willy-nilly blowing.

不知为什么，亦不知来自何方，
就来到这世界，像水之不自主地流；
而且离了这世界，不知向哪里去，
像风在原野，不自主地吹。

"我来如流水，去如风"，这是诗人对人生的体会。所谓生死，不了断亦自然了断，我们是无能为力的。我们来到这世界，并未经我们同意，我们离开这世界，也将不经我们同意。我们是被动的。

人死了之后是不是万事皆空呢？死了之后是不是还有生活呢？死了之后是不是还有轮回呢？我只能说不知道。使哈姆雷特踌躇不决的也正是这一段疑情。按照佛家的学说，"断灭相"决非正知解。一切的宗教都强调死后的生活，佛教则特别强调轮回。我看世间一切有情，是有一个新陈代谢的法则，是有遗传嬗递的迹象，人恐怕也不是例外，长江后浪推前浪，一代新人代旧人，如是而已。又看佛书记载轮回的故事，大抵荒诞不经，可供谈助，兼资劝世，是否真有其事殆不可考。如果轮回之说尚难证实，则所谓了生死之说也只是可望不可即的一个理想了。

我承认佛家了生死之说是一崇高理想。为了希望达到这个理想，佛教徒制定许多戒律，所谓根本五戒，沙弥十戒，比丘二百五十戒，这还都是所谓"事戒"，菩萨十重四十八轻戒之"性戒"尚不在内。这些戒律都是要我们在此生此世来身体力行的。能彻底实行戒律的人方有希望达到"外息诸缘，内心无喘"的境界。只有切实地克制情欲，方能逐渐地做到"情枯智讫"的功夫。所有的宗教无不强调克己的修养，斩断情根，裂破俗网，然后才能湛然寂静，明心见性。就是佛教所斥为外道的种种苦行，也无非是戒的意思，不过做得过分了些。中古基督教也有许多不近人情的苦修方法。凡是宗教都是要人收敛内心截除欲念。就是伦理的哲学家，也无不倡导多多少少的克己的苦行。折磨肉体，以解放心灵，这道理是可以理解的。但是以爱根为生死之源，而且自无始以来因积业而生死流转，非斩断爱根无以了生死，这一番道理便比较地难以实证了。此生此世持戒，此生此世受福，死后如何，来世如何，便渺茫难言了。我对于在家修行的和出家修行的人们有无上的敬意。由于他们的参禅看教，福慧双修，我不怀疑他们有在此生此世证无生法忍的可能，但是离开此生此世之后是否即能往生净土，我很怀疑。这净土，像其他的被人描写过的天堂一样，未必存在。如果它是存在，只是存在于我们的心里。

西方斯托亚派哲学家所谓个人的灵魂于死后重复融合到宇宙的灵魂里去，其种种信念也无非是要人于临死之际不生恐惧，那说法虽然简陋，却是不落言筌①。蒙田说："学习哲学即是学习如何去死。"如果了生死即是了解生死之谜，从而获致大智大勇，心地光明，无所恐惧，我相信那是可以办到的。所以在我的心目中，宗教家乃是最富理想而又最重实践的哲学家。至于了断生死之说，则我自惭劣钝，目前只能存疑。

---

① 意为不局限于言辞的表面意思，而有言外之意。筌，音同全，捕鱼的竹器。言筌，指在言辞上所留下的迹象。

附录

梁实秋忆故人

> 有学问,有文采,有热心肠的学者,求之当世能有几人?于是我想起了从前的一段经历,笔而记之。
>
> ——梁实秋

记梁任公先生的一次演讲

梁任公先生晚年不谈政治，专心学术。大约在一九二一年，清华学校请他作第一次演讲，题目是《中国韵文里表现的情感》。我很幸运地有机会听到这一篇动人的演讲。那时候的青年学子，对梁任公先生怀着无限的景仰，倒不是因为他是戊戌政变的主角，也不是因为他是云南起义的策划者，实在是因为他的学术文章对于青年确有启迪领导的作用。过去也有不少显宦，以及叱咤风云的人物，莅校讲话，但是他们没有能留下深刻的印象。

任公先生的这一篇讲演稿，后来收在《饮冰室文集》里。他的讲演是预先写好的，整整齐齐地写在宽大的宣纸制的稿纸上面，他的书法很是秀丽，用浓墨写在宣纸上，十分美观。但是读他这篇文章和听他这篇讲演，那趣味相差很多，犹之乎读剧本与看戏之迥乎不同。

我记得清清楚楚，在一个风和日丽的下午，高等科楼上大教堂里坐满了听众，随后走进了一位短小精悍秃头顶宽下巴的人物,穿着肥大的长袍,步履稳健,风神潇洒,左右顾盼,光芒四射,这就是梁任公先生。

他走上讲台,打开他的讲稿,眼光向下面一扫,然后是他的极简短的开场白,一共只有两句,头一句是:"启超没有什么学问——"眼睛向上一翻,轻轻点一下头:"可是也有一点喽!"这样谦逊同时又这样自负的话是很难得听到的。他的广东官话是很够标准的,距离国语甚远,但是他的声音沉着而有力,有时又是洪亮而激亢,所以我们还是能听懂他的每一字,我们甚至想如果他说标准国语其效果可能反要差一些。

我记得他开头讲一首古诗《箜篌引》:

公无渡河。
公竟渡河!
渡河而死,
其奈公何!

这四句十六字,经他一朗诵,再经他一解释,活画出一出悲剧,其中有起承转合,有情节,有背景,有人物,有情感。我在听先生这篇讲演后约二十八年,偶然获得机缘在茅津渡候船渡河。但见黄沙弥漫,黄流滚滚,景象苍茫,不禁哀从中来,顿时忆起先生讲的这首古诗。

先生博闻强记，在笔写的讲稿之外，随时引证许多作品，大部分他都能背诵得出。有时候，他背诵到酣畅处，忽然记不起下文，他便用手指敲打他的秃头，敲几下之后，记忆力便又畅通，成本大套地背诵下去了。他敲头的时候，我们屏息以待；他记起来的时候，我们也跟着他欢喜。

先生的讲演，到紧张处，便成为表演。他真是手之舞之足之蹈之，有时掩面，有时顿足，有时狂笑，有时叹息。听他讲到他最喜爱的《桃花扇》，讲到"高皇帝，在九天，不管……"那一段，他悲从中来，竟痛哭流涕而不能自已。他掏出手巾拭泪，听讲的人不知有几多也泪下沾巾了！又听他讲杜氏讲到"剑外忽传收蓟北，初闻涕泪满衣裳……"，先生又真是于涕泗交流之中张口大笑了。

这一篇讲演分三次讲完，每次讲过，先生大汗淋漓，状极愉快。听过这讲演的人，除了当时所受的感动之外，不少人从此对于中国文学发生了强烈的爱好。先生尝自谓"笔锋常带情感"，其实先生在言谈讲演之中所带的情感不知要强烈多少倍！

有学问，有文采，有热心肠的学者，求之当世能有几人？于是我想起了从前的一段经历，笔而记之。

胡适先生二三事

胡先生是安徽徽州绩溪县人,对于他的乡土念念不忘,他常告诉我们他的家乡的情形。徽州是个闭塞的地方。四面皆山,地瘠民贫,山地多种茶,每逢收茶季节茶商经由水路从金华到杭州到上海求售,所以上海的徽州人特多,号称徽帮,其势力一度不在宁帮之下。四马路一带就有好几家徽州馆子。民国十七八年①间,有一天,胡先生特别高兴,请努生②、光旦③和我到一家徽州馆吃午饭。上海的徽州馆相当守旧,已经不能和新兴的广东馆、四川馆相比,但是胡先生要我们去尝尝他的家乡风味。

我们一进门,老板一眼望到胡先生,便从柜台后面站起来笑脸相迎,满口的徽州话,我们一点也听不懂。等我们扶着栏杆上

---

① 即一九二八至一九二九年。
② 即罗隆基(1896—1965),字努生,别名生辉、野度。中国民主同盟创建人和领导人之一,著名爱国民主战士和政治活动家。
③ 即潘光旦(1899—1967),字仲昂,原名光亶,后因"亶"字笔画多,故取其下半改为光旦。著名社会学家、优生学家、民族学家。

楼的时候，老板对着后面厨房大吼一声。我们落座之后，胡先生问我们是否听懂了方才那一声大吼的意义。我们当然不懂，胡先生说："他是在喊：'绩溪老倌，多加油啊！'"原来绩溪是个穷地方，难得吃油大，多加油即是特别优待老乡之意。果然，那一餐的油不在少。有两个菜给我的印象特别深：一个是划水鱼，即红烧青鱼尾，鲜嫩无比；一个是生炒蝴蝶面，即什锦炒生面片，非常别致。缺点是味太咸，油太大。

徽州人聚族而居，胡先生常夸说，姓胡的、姓汪的、姓程的、姓吴的、姓叶的，大概都是徽州，或是源出于徽州。他问过汪精卫、叶恭绰，都承认他们祖上是在徽州。努生调侃地说："胡先生，如果再扩大研究下去，我们可以说中华民族起源于徽州了。"相与拊掌大笑。

吾妻季淑是绩溪程氏，我在胡先生座中如遇有徽州客人，胡先生必定这样地介绍我："这是梁某某，我们绩溪的女婿，半个徽州人。"他的记忆力特别好，他不会忘记提起我的岳家早年在北京开设的程五峰斋，那是一家在北京与胡开文齐名的笔墨店。

胡先生酒量不大，但很喜欢喝酒。有一次他的朋友结婚，请他证婚，这是他最喜欢做的事，筵席只预备了两桌，礼毕入席，每桌备酒一壶，不到一巡而壶告罄。胡先生大呼添酒，侍者表示为难。主人连忙解释，说新娘是Temperance League（节酒会）的会员。胡先生从怀里掏出现洋一元交付侍者，他说："不干新郎新娘的事，这是我们几个朋友今天高兴，要再喝几杯。赶快拿酒来。"主人无可奈何，只好添酒。

事实上胡先生从不闹酒。民国二十年①春，胡先生由沪赴平，道出青岛，我们请他到青岛大学演讲，他下榻万国疗养院。讲题是《山东在中国文化里的地位》，就地取材，实在高明之至，对于齐鲁文化的变迁，儒道思想的递嬗，讲得头头是道，亹亹不倦②，听众无不欢喜。当晚青大设宴，有酒如渑③，胡先生赶快从袋里摸出一只大金指环给大家传观，上面刻着"戒酒"二字，是胡太太送给他的。

胡先生交游广，应酬多，几乎天天有人邀饮，家里可以无需开伙。徐志摩风趣地说："我最羡慕我们胡大哥的肠胃，天天酬酢④，肠胃居然吃得消！"其实胡先生并不欣赏这交际性的宴会，只是无法拒绝而已。民国二十年六月二十一日胡先生写信给

---

① 即一九三一年。
② 不知疲倦的样子。亹亹，同娓娓，形容勤勉不倦。
③ 意为酒像渑水一样流淌，极言酒多。渑，音同绳，指渑水，出山东今临淄镇西北古齐城外，西北流，经博兴县入时水。
④ 意为主客互相敬酒，泛指应酬。酢，音同作，指客人用酒回敬主人。

我，劝我离开青岛到北大教书，他说："你来了，我陪你喝十碗好酒！"

胡先生住上海极司菲尔路的时候，有一回请"新月"一些朋友到他家里吃饭，菜是胡太太亲自做的——徽州著名的"一品锅"。一只大铁锅，口径差不多有一呎①，热腾腾地端了上桌，里面还在滚沸，一层鸡，一层鸭，一层肉，点缀着一些蛋皮饺，紧底下是萝卜白菜。胡先生详细介绍这一品锅，告诉我们这是徽州人家待客的上品，酒菜、饭菜、汤，都在其中矣。对于胡太太的烹调的本领，他是赞不绝口的。他认为另有一样食品也是非胡太太不办的，那就是蛋炒饭——饭里看不见蛋而蛋味十足，我虽没有品尝过，可是我早就知道其做法是把饭放在搅好的蛋里拌匀后再下锅炒。

胡先生不以书法名，但是求他写字的人太多，他也喜欢写。他做中国公学校长的时候，每星期到吴淞三两次，我每次遇见他都是看到他被学生们里三层外三层地密密围绕着。学生要他写字，学生需要自己备纸和研好的墨。他未到校之前，桌上已按次序排好一卷一卷的宣纸，一盘一盘的墨汁。他进屋之后就伸胳膊挽袖子，挥毫落纸如云烟，还要一面和人寒暄，大有手挥五弦目

---

① 英美制长度单位，一呎为十二英寸，一英寸约合2.54厘米。

送飞鸿之势。胡先生的字如其人，清癯消瘦，而且相当工正，从来不肯作行草，一横一捺都拖得很细很长，好像是伸胳膊伸腿的样子。不像瘦金体，没有那一份劲逸之气，可是不俗。胡先生说起蔡孑民①先生的字，也是瘦骨嶙峋，和一般人点翰林时所写的以黑大圆光著名的墨卷迥异其趣，胡先生曾问过他，以他那样的字何以能点翰林，蔡先生答说："也许是因为当时最流行的是黄山谷②的字体罢！"

胡先生最爱写的对联是"大胆地假设，小心地求证；认真地做事，严肃地做人"。我常惋惜，大家都注意上联，而不注意下联。这一联有如双翼，上联教人求学，下联教人做人，我不知道胡先生这一联发生了多少效果。这一联教训的意味很浓，胡先生自己亦不讳言他喜欢用教训的口吻。他常说："说话而教人相信，必须斩钉截铁，咬牙切齿，翻来覆去地说。《圣经》里便是时常使用Verily，Verily以及Thou shalt等等的字样。"胡先生说话并不武断，但是语气永远是非常非常坚定的。

---

① 即蔡元培（1868—1940），字鹤卿，别号孑民，中国近代革命家、教育家。
② 即黄庭坚（1045—1105），字鲁直，号清风阁、山谷道人、山谷老人等，世称黄山谷。北宋著名文学家、书法家、江西诗派开山之祖。其书法独树一格，自成一家，与苏轼、米芾、蔡襄齐名，世称"宋四家"。

赵瓯北①的一首诗"李杜诗篇万口传，至今已觉不新鲜。江山代有才人出，各领风骚五百年"，也是胡先生所爱好的，显然是因为这首诗的见解颇合于提倡新文学者的口味。胡先生到台湾后，有一天我请他到师大讲演，讲的是"中国文学的演变"，以六十八高龄的人犹能谈上两个钟头而无倦色。在休息的时间，《中国语文》一月刊请他题字，他题了三十多年前的旧句："山风吹散了窗纸上的松景，吹不散我心头的人影。"

胡先生毕生服膺科学，但是他对于中医问题的看法并不趋于极端，和傅斯年先生一遇到孔庚先生便脸红脖子粗的情形大不相同（傅斯年先生反对中医，有一次和提倡中医的孔庚先生在国民参政会席上相对大骂几乎要挥老拳）。胡先生笃信西医，但也接受中医治疗。

民国十四年②二月孙中山先生病危，从医院迁出，住进行馆，改试中医，由适之先生偕名医陆仲安诊视。这一段经过是大家知道的。陆仲安初无籍籍名，徽州人，一度落魄，住在绩溪会馆所以才认识胡先生，偶然为胡先生看病，竟奏奇效，故胡先生为他揄扬，名医之名不胫而走。事实上陆先生亦有其不平凡处，

---

① 即赵翼（1727—1814），字云松，号瓯北，诗与袁枚、蒋士铨齐名，时称"三大家"，亦长于史学。代表作有《瓯北诗集》《二十二史札记》等。
② 即一九二五年。

盛名固非幸致。十五六年①之际，我家里有人患病即常延陆来诊。陆先生诊病，无模棱两可语，而且处方下药分量之重令人惊异。药必须要到同仁堂去抓，否则不悦。每服药必定是大大的一包，小一点的药锅便放不进去。贵重的药更要大量使用，他的理论是：看准了病便要投以重剂猛攻。后来在上海有一次胡先生请吃花酒，我发现陆先生亦为席上客，那时候他已是大腹便便、仆仆京沪道上专为要人治病的名医了。

胡先生左手背上有一肉瘤隆起，医师劝他割除，他就在北平协和医院接受手术，他告诉我医师们动手术的时候，动用一切应有的设备，郑重其事地为他解除这一小患，那份慎重将事的态度使他感动。又有一次乘船到美国去开会，医师劝他先割掉盲肠再做海上旅行，以免途中万一遭遇病发而难以处治，他欣然接受了外科手术。

我没看见过胡先生请教中医或服中药，可是也不曾听他说过反对中医中药的话。

胡先生从来不在人背后说人的坏话，而且也不喜欢听人在他面前说别人的坏话。有一次他听了许多不相干的闲话之后喟然而

---

① 指民国十五六年，即一九二六至一九二七年。

叹曰："来说是非者，便是是非人！"相反地，人有一善，胡先生辄津津乐道，真是口角春风。徐志摩给我的二封信里有"胡圣潘仙"一语，是因为胡先生向有"圣人"之称，潘光旦只有一条腿可跻身八仙之列，并不完全是戏谑。

但是誉之所至，谤亦随之。胡先生到台湾来，不久就出现了《胡适与国运》匿名小册（后来匿名者显露了真姓名），胡先生夷然①处之，不予理会。胡先生兴奋地说，大陆上印出了三百万字清算胡适思想，言外之意《胡适与国运》太不成比例了。胡先生返台定居，本来是落叶归根非常明智之举，但也不是没有顾虑。首先台湾气候并不适宜。四十六年②十一月二十五日给陈之藩先生的信就说："请胸部大夫检查两次X光照片都显示肺部有弱点（旧的、新的），此君很不赞成我到台湾的'潮冷'又'潮热'的气候去久住。"但是四十五年③十一月十八日给赵元任夫妇的信早就说过："我现在的计划是要在台中或台北……为久居之计。不管别人欢迎不欢迎，讨厌不讨厌，我在台湾是要住下去的（我也知道一定有人不欢迎我长住下去）。"可见胡先生决意来台定居，医生的意见也不能左右他，不欢迎他的人只好写写《胡适与国运》罢了。

---

① 形容平静镇定的样子。
② 指一九五七年。
③ 指一九五六年。

四十九年①七月十日胡先生在西雅图举行"中美文化合作会议"发表的一篇讲演,是很重要的文献,原文是英文的,同年七月廿一、廿二、廿三,《中央日报》有中文译稿。在这篇讲演里胡先生历述中国文化之演进的大纲,结论是"我相信人道主义及理性主义的中国传统,并未被毁灭,且在所有情形下不能被毁灭"!大声疾呼,为中国文化传统作狮子吼,在座的中美听众一致起立欢呼鼓掌久久不停,情况是非常动人。事后有一位美国学者称道这篇演讲具有"丘吉尔作风"。我觉得像这样的言论才算得是弘扬中国文化。当晚,在旅舍中胡先生取出一封复印信给我看,是当地主人华盛顿大学校长欧地嘉德先生特意复印给胡先生的。这封信是英文的,是中国人写的英文,起草的人是谁不问可知,是写给欧地嘉德的,具名连署的人不下十余人之多,其中有"委员",有"教授",有男,有女。信的主旨大概是说:胡适是中国文化的叛徒,不能代表中国文化,此番出席会议未经合法推选程序,不能具有代表资格,特予郑重否认云云。我看过之后交还了胡先生,问他怎样处理,胡先生微笑着说:"不要理他!"我不禁想起《胡适与国运》。

胡先生在师大讲演中国文学的变迁,弹的还是他的老调。

---

① 指一九六〇年。

我给他录了音，音带藏师大文学院英语系。他在讲词中提到律诗及平剧[①]，斥为"下流"。听众中喜爱律诗及平剧的人士大为惊愕，当时面面相觑，事后议论纷纷。我告诉他们这是胡先生数十年一贯的看法，可惊的是他几十年后一点也没有改变。中国律诗的艺术之美，平剧的韵味，都与胡先生始终无缘。八股、小脚、鸦片，是胡先生所最深恶痛绝的，我们可以理解。律诗与平剧似乎应该属于另一范畴。

胡先生对于禅宗的历史下过很多功夫，颇有心得，但是对于禅宗本身那一套奥义并无好感。有一次朋友宴会饭后要大家题字，我偶然地写了"无门关"的一偈，胡先生看了很吃一惊，因此谈起禅宗，我提到日本铃木大拙所写的几部书，胡先生正色说："那是骗人的，你不可信他。"

---

① 指京剧。京剧，又称平剧、京戏等。

谈徐志摩[①]

徐志摩是一个彻底的浪漫主义者。

胡适之先生对于徐志摩的总评是不错的。胡先生说:"他的人生观真是一种'单纯信仰',这里面只有三个大字,一个是爱,一个是自由,一个是美。他梦想这三个理想的条件能够会合在一个人生里,这是他的单纯信仰。他的一生的历史,只是他追求这个'单纯信仰'的实现的历史。"不过,"三个大字一个是爱,一个是自由,一个是美"的"单纯信仰",如果真正地恰如其分地加以解释,其内容并不简单。所谓爱,那是广大无边的,耶稣上十字架为了爱,圣佛兰亚斯对鸟说教也是为了爱,中古骑士为了他的情人而赴汤蹈火也是为了爱。爱的对象、方式、意义,可能有许多的分别。至于自由,最高的莫过于内心的选择的意志的自由,最普通的是免于束缚的生活上的自由,放浪

---

① 本文为节选,选自《谈徐志摩》,远东图书出版公司一九五八年版。

形骸之外而高呼"礼教岂为我辈设哉!"那也是企求自由。讲到美,一只匀称的希腊古瓶是美,蒙娜丽莎的微笑也是美,山谷间刈谷者的歌唱是美,平原上拾穗者的佝偻着身子也是美,乃至于一个字的声音,一朵花的姿态,一滴雾水的闪亮,无一不是美。"爱,自由,美",所包括的东西太多,内涵太丰富,意义太复杂,所以也可以说是太隐晦太含糊,令人捉摸不定,志摩的单纯信仰,据我看,不是"爱,自由与美"三个理想,而是"爱,自由与美"三个条件混合在一起的一个理想,而这一个理想的实现便是对一个美妇人的追求。不要误会,以为我是指志摩为沉溺于"诗、酒、妇人"的颓废派,不,任谁也可以看出志摩不是颓废的享受者。他喜欢享受,可是谁又不喜欢享受?志摩在实际生活上的享受是正常的,并不超越常规,也不逸出他的身份。他于享受之外,还要求一点点什么,无以名之,名之为"理想",那理想究竟是什么,能不能一一加分析呢?志摩曾把自己一剖再剖,但始终没有剖析到他自己所那样珍视的理想。我们客观地看,无所文饰,亦无所顾忌,志摩的理想实际即等于是与他所爱的一个美貌女子自由地结合。

和一个心爱的美貌女子自由地结合,乃是一个最平凡的希望,随便哪一个男子都有这样的想头。择偶、结婚、传宗接代,这是最平凡的事,但是,如果像志摩那样把这种追求与结合视为"生命之曙光,不世之荣业"那样的夸张,可就不平凡了。志摩的单纯信仰,换个说法,即是"浪漫的爱"。

浪漫的爱,有一最显著的特点,就是这爱永远处于可望而不可即的地步,永远存在于追求的状态中,永远被视为一种极圣洁极高贵极虚无缥缈的东西。一旦接触实际,真个地与这样一个心爱的美貌女子自由结合,幻想立刻破灭。原来的爱变成了恨,原来的自由变成了束缚,于是从头来再开始追求心中的"爱、自由与美"。这样周而复始两次三番演下去,以至于死。在西洋浪漫派的文学家里,有不少这种"浪漫的爱"的实例,雪莱、拜伦、朋士①(Burns)、Novalis②,乃至卢梭,都是一生追逐理想的爱的生活,而终于不可得。他们爱的不是某一个女人,他们爱的是他们自己内心中的理想。这样的人在英文叫作 nympholept,勉强译作"狂想者"。

梁任公先生真不愧为一个目光如炬的、稳健的思想家。他于志摩、小曼结婚典礼中致严厉的训词,是不足为怪的,因为他在事前对于志摩已有诚挚的警告,他于一九二三年一月二日

---

① 今译彭斯,即罗伯特·彭斯(1759—1796),苏格兰民族诗人,在英国文学史上占有重要地位,并享有世界声誉。其诗歌富于音乐性,可歌唱,代表作有《友谊地久天长》《两只狗》《一朵红红的玫瑰》。
② 即诺瓦利斯(1772—1801),德国浪漫主义诗人。代表作有《夜颂》《海因里希·冯·奥弗特丁根》。

致函志摩：

其一，万不容以他人之苦痛，易自己之快乐。弟之此举其于弟将来之快乐能得与否，殆茫如捕风，然先已予多数人以无量之苦痛。

其二，恋爱神圣为今之少年所乐道。……兹事盖可遇而不可求。……况多情多感之人，其幻象起落鹘突，而得满足得宁帖也极难。所梦想之神圣境界恐终不可得，徒以烦恼终其身已耳。

呜呼，志摩，天下岂有圆满之宇宙？……当知吾侪以不求圆满为生活态度，斯可以领略生活之妙味矣。……若沉迷于不可必得之梦境，挫折数次，生意尽矣。郁悒侘傺以死，死为无名。死犹可也，最可畏者，不死不生而堕落至不复能自拔。呜呼，志摩，可无惧耶？可无惧耶？

任公先生的话是对的。事实证明他不幸而言中。但当时对于浪漫的爱之追求者，是听不入耳的。志摩的回答是："我之甘冒世之不韪，竭全力以斗者，非特求免凶惨之苦痛，实求良心之安顿，求人格之确立，求灵魂之救度耳。……我将于茫茫人海中访我惟一灵魂之伴侣；得之，我幸；不得，我命，如此而已！""灵魂"为物，本来就玄妙，再要找"灵魂之伴侣"，岂不难上加难？我们自然佩服志摩之真诚与勇气，但是我们亦不能轻易表示同情于一个人之追求镜花水月。一个人要有理想以为生活之鹄的，但是那理想需要慎加分析，是否在现实的世界里有实现之可能。把自己的生命和前途，寄托在对"爱、自由、美"的追求上，而"爱、自由、美"又由一个美貌女子来作为象征，无论如何是极不妥当的一种人生观。

若说志摩之憧憬自由仅限于爱情方面，显然是不合事实的。像一切浪漫主义者一样，志摩向往一切方式的自由。下面这一段话是他最好的自白：

> 是人没有不想飞的。老是在这地面上爬着够多厌烦，不说别的。飞出这圈子，飞出这圈子！到云端里去，到云端里去！哪个心里不成天千百遍地这么想飞上天空去浮着，看地球这弹丸在太空里滚着，从陆地看到海，从海再看回陆地。凌空去看一个明白——这才是做人的趣味，做人的权威，做人的交代。这皮囊要是太重挪不动，就挪了它，可能的话，飞出这圈子，飞出这圈子！

的确是，想飞是人人有的愿望。我小时候常做梦，一做梦就是飞，一跺脚就离地一尺多高，再一扑通就过墙了，然后自由翱翔在天空里，非常适意。有时在梦里飞不起来，飞到三四尺高就掉下来，怎样挣扎也不中用，第二天早晨醒来便头痛欲裂。这样想飞的梦，我足足做了有十年八年之久。虽说这只限于梦，虽说这只是潜意识的活动，但也影响到我的思想。我译过巴利①的《潘彼得》，是一部童话，也是只有成年人才能充分赏识的童年，里面的那个永远长不大的孩子潘彼得，真是令每一个成年人羡煞而又愧煞的角色！这一部《潘彼得》撩起了我对童年和纯洁天真的向往，其实哪一个人在人生的坎坷路途上不有过颠踬？哪一个不曾憧憬那神圣的自由的快乐的境界？不过人生的路途就是这个样子，抱怨没有用，逃避不可能，想飞也只是一个梦想。人生是现实的，现实的人生还需要现实的方法去处理。偶然做个白昼梦，想入非非，任想象去驰骋，获得一时的慰安，当然亦无不可，但是这究竟只是一时有效的镇定剂，可以暂时止痛，但不根本治疗。人生的路途，多少年来就这样地践踏出来了，人人都循着这路途走，你说它是蔷薇之路也好，你说它是荆棘之路也好，反正你得乖乖地把它走完。所以想飞的念头尽管有，可是认真不得。如果真以为诗是有翅膀的，能把诗人带起到天空，海阔天空地俯瞰这乌烟瘴气的人间世，而且能长久地凭虚御空，逍遥于昊天之上，其结果一定是飞得越高，跌得越重，血淋淋地跌在人生现实的荆棘之上，像徐志摩那样！这也是一切浪漫诗人的公式，

---

① 即詹姆斯·马修·巴利（1860—1937），苏格兰小说家、剧作家。

不独志摩为然。

梁任公先生说过，人生最快乐的事莫过把应尽的责任尽完。他揭橥①"责任"二字为人生最重要的一件事，此事一毕，了无遗憾，真是一个最稳健的看法。浪漫主义者的看法，恰恰与此相反。伯朗宁②有一首小诗，名为《至善之境》（Summum Bonum），他说：

真理，比宝石还光亮，

信任，比珍珠还纯洁——

宇宙间最光亮最纯洁的信任——我认为

全存在于一个女人的亲吻里。

把一个女人的亲吻放在一切伦理价值之上，实在是一个最大胆浪漫的夸张！《志摩日记》在一九二五年八月十九日记载着："须知真爱不是罪（就怕爱不真，做到真的绝对义才做到爱字），在必要时我们得以身殉，与烈士们爱国，宗教家殉道，同是一个意思。""同是一个意思"，也许是的，但是在伦理价值上，能等量齐观么？

---

① 意为揭示。橥，音同朱，拴牲口的小木桩。
② 今译勃朗宁，即罗伯特·勃朗宁（1812—1889），英国诗人、剧作家，代表作有《戏剧抒情诗》《环与书》等。

浪漫的梦经不起现实的打击。志摩是一个绝顶聪明的人，并且不是一个没有胆量认错的人，所以他很快地承认了他的失败。胡适之先生曾指出下面一首《生活》的诗为他自承失败的证据：

> 阴沉，黑暗，毒蛇似的蜿蜒，
> 生活逼成了一条甬道；
> 一度陷入，你只可向前。
> 手扪索着冷壁的黏潮，
> 在妖魔的脏腑内挣扎，
> 头顶不见一线的天光，
> 这魂魄，在恐怖的压迫下，
> 除了消灭更有什么愿望？

这几行诗是纪实的，志摩临死前几年的生活确是濒临腐烂的边缘，不是一个敏感的诗人所能忍受的，所以他毅然决然地离开上海跑到北平。谁又想得到希望有"一个真的复活的机会"的人，竟根本丧掉了生命，永远不能得到机会呢？

忆沈从文

五十七年①六月九日《中央日报》方块文章井心先生记载着:"以写作手法新颖,自成一格……的作者沈从文,不久以前,在大陆因受不了迫害而死。听说他喝过一次煤油,割过一次静脉,终于带着不屈服的灵魂而死去了。"

接着又说:"他出身行伍,而以文章闻名;自称小兵,而面目姣好如女子,说话、态度尔雅、温文……""他写得一手娟秀的《灵飞经》……"这几句话描写得确切而生动,使我想起沈从文其人。

我现在先发表他一封信,大概是民国十九年②间他在上海时候写给我的。信的内容没有什么可注意的,但是几个字写得很挺

---

① 即一九六八年。
② 即一九三〇年。

拔而俏丽。他最初以"休芸芸"的笔名向《晨报副镌》投稿时，用细尖钢笔写的稿子就非常的出色，徐志摩因此到处揄扬他。后来他写《阿丽丝中国游记》分期刊登《新月》，我才有机会看到他的笔迹，果然是秀劲不凡。

从文虽然笔下洋洋洒洒，却不健谈，见了人总是低着头羞答答的，说话也是细声细气。关于他"出身行伍"的事他从不多谈。他在十九年①三月写过一篇《从文自序》，关于此点有清楚的交代，他说："因为生长地方为清时屯戍重镇，绿营制度到近年尚依然存在，故于过去祖父曾入军籍，作过一次镇守使，现在兄弟及父亲皆仍在军籍中做中级军管。因地方极其偏僻，与苗民杂处聚居，教育文化皆极低落，故长于其环境中的我，幼小时显出生命的那一面，是放荡与诡诈。十二岁我曾受过关于军事的基本训练，十五岁时随军外出曾作上士。后到沅州，为一城区屠宰收税员，不久又以书记名义，随某剿匪部队在川、湘、鄂、黔四省边上过放纵野蛮约三年。因身体衰弱，年龄渐长，从各种生活中养成了默想与体会人生趣味的习惯，对于过去生活有所怀疑，渐觉有努力位置自己在一陌生事业上之必要。因这憧憬的要求，糊糊涂涂地到了北京。"这便是他早年从军经过的自白。

---

① 指民国十九年，即一九三〇年。

由于徐志摩的吹嘘，胡适之先生请他到中国公学教国文，这是一件极不寻常的事，因为一个没有正常的适当的学历资历的青年而能被人赏识于牝牡骊黄之外，是很不容易的。从文初登讲坛，怯场是意中事，据他自己说，上课之前做了充分准备，以为资料足供一小时使用而有余，不料面对黑压压一片人头，三言两语的就把要说的话都说完了，剩下许多时间非得临时编造不可，否则就要冷场，这使他颇为受窘。一位教师不善言词，不算是太大的短处，若是没有足够的学识便难获得大家的敬服。因此之故，从文虽然不是顶会说话的人，仍不失为成功的受欢迎的教师。记问之学不足以为人师，需要有启发别人的力量才不愧为人师，在这一点上从文有他独到之处，因为他有丰富的人生经验和好学深思的性格。

在中国公学一段时间，他最大的收获大概是他的婚姻问题的解决。英语系的女生张兆和女士是一个聪明用功而且秉性端庄的小姐，她的家世很好，多才多艺的张充和女士便是她的胞姊。从文因授课的关系认识了她，而且一见钟情。凡是沉默寡言笑的人，一旦堕入情网，时常是一往情深，一发而不可收拾。从文尽管颠倒，但是没有得到对方青睐。他有一次急得想要跳楼。他本有流鼻血的毛病，几番挫折之后苍白的面孔愈发苍白了。他会写信，以纸笔代喉舌。张小姐实在被缠不过，而且师生恋爱声张开来也是令人很窘的,于是有一天她带着一大包从文写给她的信去谒见胡校长,请他做主制止这一扰人举动的发展。她指出了信中这样的一句话:"我不仅爱你的灵魂,我也要你的肉体。"她认为这是侮辱。胡先生皱着眉头,板着面孔,细心听她陈述,然后绽出一丝笑容,温和地对她说:"我劝你嫁给他。"张女士吃了一惊,但是禁不住胡先生诚恳地解说,居然急转直下默不做声地去了。胡先生曾自诩善于为人作伐,从文的婚事得谐便是他常常乐道的一例。

在青岛大学从文教国文,大约一年多就随杨振声(今甫)先生离开青岛到北平居住。今甫到了夏季就搬到颐和园赁屋消暑,和他作伴的一位干女儿,自称过的是帝王生活,优哉游哉地享受那园中的风光湖色。此时从文给今甫做帮手,编中学国文教科书,所以也常常在颐和园出出进进。书编得很精彩,偏重于趣味,可惜不久抗战军兴,书甫编竣,已不合时代需要,故从未印行。

从文一方面很有修养,一方面也很孤僻,不失为一个特立独行之士。像这样不肯随波逐流的人,如何能不做了时代的牺牲?他的作品有四十几种,可谓多产,文笔略带欧化语气,大约是受了阅读翻译文学作品的影响。

此文写过，又不敢相信报纸的消息，故未发表。读聂华苓女士作《沈从文评传》（英文本，一九七二年纽约Twayne Publishers出版），果然好像从文尚在人间。人的生死可以随便传来传去，真是人间何世！

一九七三年六月二十日西雅图

忆老舍

我最初读老舍的《赵子曰》《老张的哲学》《二马》，未识其人，只觉得他以纯粹的北平土话写小说颇为别致。北平土话，像其他主要地区的土语一样，内容很丰富，有的是俏皮话儿，歇后语，精到出色的明喻暗譬，还有许多有声无字的词字。如果运用得当，北平土话可说是非常的生动有趣；如果使用起来不加检点，当然也可能变成为油腔滑调的"耍贫嘴"。以土话入小说本是小说家常用的一种技巧，可使对话格外显得活泼，可使人物个性格外显得真实突出。若是一部小说从头到尾，不分对话叙述或描写，一律使用土话，则自《海上花》一类的小说以后并不多见。我之所以注意老舍的小说者尽在于此。胡适先生对于老舍的作品评价不高，他以为老舍的幽默是勉强造作的。但一般人觉得老舍的作品是可以接受的，甚至颇表欢迎。

抗战后，老舍有一段期间住在北碚，我们时相过从。他又黑又瘦，甚为憔悴，平常总是佝偻着腰，迈着四方步，说话的声音低沉，徐缓，但是有风趣。他和王老向住在一起，生活当然是很清苦的。在名义上他是中国文艺界抗敌协会的负责人，事实上这个组织的分子很复杂，有不少野心分子企图从中操纵把持。老舍对待谁都是一样的和蔼亲切，存心厚道，所以他的人缘好。

有一次北碚各机关团体以国立编译馆为首发起募款劳军晚会，一连两晚，盛况空前，把北碚儿童福利试验区的大礼堂挤得水泄不通。国立礼乐馆的张充和女士多才多艺，由我出面邀请，会同编译馆的姜作栋先生（名伶钱金福的弟子），合演一出《刺虎》，唱做之佳至今令人不能忘。在这一出戏之前，垫一段对口相声。这是老舍自告奋勇的，蒙他选中了我做搭档，头一晚他"逗哏"我"捧哏"，第二晚我逗他捧，事实上挂头牌的当然应该是他。他对相声特有研究，在北平长大的谁没有听过焦德海草上飞？但是能把相声全本大套的背诵下来则并非易事。如果我不答应上台，他即不肯露演，我为了劳军只好勉强同意。老舍嘱咐我说，"说相声第一要沉得住气，放出一副冷面孔，永远不许笑，而且要控制住观众的注意力，用干净利落的口齿在说到紧要处使出全副气力斩钉截铁一般迸出一句俏皮话，则全场必定爆出一片彩声哄堂大笑，用句术语来说，这叫作'皮儿薄'，言其一戳即破。"我听了之后连连辞谢说："我办不了，我的皮儿不薄。"他说："不要紧，咱们练着瞧。"于是他把词儿写出来，一段是《新洪羊洞》，一段是《一家六口》，这都是老相声，谁都听过,相声这玩艺儿不嫌其老,越是经过千锤百炼的玩艺儿越惹人喜欢,借着演员的技艺风度之各有千秋而永远保持新鲜的滋味。相声里面的粗俗玩笑,例如"爸爸"二字刚一出口,对方就得赶快顺口搭腔地说声"啊",似乎太无聊,但是老舍坚持不能删免,据他看相声已到了至善至美的境界,不可稍有损益。是我坚决要求,他才同意在用折扇敲头的时候只要略为比划而无需真打。我们认真地排练了好多次。到了上演的那一天,我们走到台的前边,泥塑木雕一般绷着脸肃立片刻,观众已经笑不可抑,以后几乎只能在阵阵笑声之间的空隙进行对话。该用折扇敲头的时候,老舍不知是一时激动忘形,还是有意违反诺言,抡起大折扇狠狠地向我打来,我看来势不善,向后一闪,折扇正好打落了我的眼镜,说时迟,那时快,我手掌向上两手平伸,正好托住那落下来的眼镜,我保持那个姿势不动,彩声历久不绝,有人以为这是一手绝活儿,还高呼:"再来一回!"

我们那一次相声相当成功,引出不少人的邀请,我们约定不再露演,除非是至抗战胜利再度劳军的时候。

老舍的才华是多方面的,长短篇的小说、散文、戏剧、白话诗,无一不能,无一不精。而且他有他的个性,绝不俯仰随人。我现在检出一封老舍给我的信,是他离开北碚之后写的,那时候他的夫人已自北平赶来四川,但是他的生活更陷于苦闷。他患有胃下垂的毛病，割盲肠的时候用一小时余还寻不到盲肠，后来在腹部的左边找到了。这封信附有七律五首，由此我们也可窥见他当时的心情的又一面。

前几年王敬羲从香港剪写老舍短文一篇，可惜未注明写作或发表的时间及地点，题为《春来忆广州》，看他行文的气质，已由绚烂趋于平淡，但是有一缕惆怅悲哀的情绪流露在字里行间。听说他去年已做了九泉之客，又有人说他尚在人间。是耶非耶，其孰能辨之？兹将这一小文附录于后：

春来忆广州

我爱花。因气候、水土等等关系，在北京养花，颇为不易。冬天冷，院里无法摆花，只好都搬到屋里来。每到冬季，我的屋里总是花比人多，形势逼人！屋中养花，有如笼中养鸟，即使用心调护，也养不出个样子来。除非特建花室，实在无法解决问题。我的小院里，又无隙地可建花室！

一看到屋中那些半病的花草，我就立刻想起美丽的广州来。去年春节后，我不是到广州住了一个月吗？哎呀，真是了不起的好地方！人极热情，花似乎也热情！大街小巷，院里墙头，百花齐放，欢迎客人，真是"交友看花在广州"啊！

在广州，对着我的屋门便是一株象牙红，高与楼齐，盛开着一丛红艳夺目的花儿，而且经常有很小的小鸟，钻进那朱红的小"象牙"里，如蜂采蜜。真美！只要一有空儿，我便坐在阶前，看那些花与小鸟。在家里，我也有一棵象牙红，可是高不及三尺，而且是种在盆子里。它入秋即放假休息，入冬便睡大觉，且久久不醒，直到端阳左右，它才开几朵先天不足的小花，绝对没有那种秀气的小鸟作伴！现在，它正在屋角打盹，也许跟我一样，正想念它的故乡广东吧？

春天到来，我的花草还是不易安排：早些移出去吧，怕风霜侵犯；不搬出去吧，又都发出细条嫩叶，很不健康。这种细条子不会长出花来。看着真令人焦心！

好容易盼到夏天，花盆都运至院中，可还不完全顺利。院小，不透风，许多花儿便生了病。特别由南方来的那些，如白玉兰、栀子、茉莉、小金橘、茶花……也不知怎么就叶落枝枯，悄悄死去。因此，我打定主意，再买来这些比较娇贵的花儿之时，就认为它们不能长寿，尽到我的心，而又不作幻想，以免枯死的时候落泪伤神。同时，也多种些叫它死也不肯死的花草，如夹竹桃之类，以期老有些花儿看。

夏天，北京的阳光过暴，而且不下雨则已，一下就是倾盆倒海而来，势不可当，也不利于花草的生长。

秋天较好，可是忽然一阵冷风，无法预防，娇嫩些的花儿就受了重伤。于是，全家动员，七手八脚，往屋里搬呀，各屋里都挤满了花盆，人们出来进去都须留神，以免绊倒！

真羡慕广州的朋友们，院里院外，四季有花，而且是多么出色的花呀！白玉兰高达数丈，杆子比我的腰还粗！英雄气概的木棉，昂首天外，开满大红花，何等气势！就连普通的花儿，四季海棠与绣球什么的，也特别壮实，叶茂花繁，花小而气魄不小！看，在冬天，窗外还有结实累累的木瓜呀！真没法儿比！一想起花木，也就更想念朋友们！

忆冰心

顾一樵先生来，告诉我冰心和老舍先后去世。我将信将疑。冰心今年六十九岁，已近古稀，在如今那样的环境里传出死讯，无可惊异。读《清华学报》新七卷第一期（一九六八年八月刊），施友忠先生有《中共文学中之讽刺作品》一文，里面提到冰心，但是没有说她已经去世。最近谢冰莹先生在《作品》第二期（一九六八年十一月）里有《哀冰心》一文，则明言"冰心和她的丈夫吴文藻双双服毒自杀了"。看样子，她是真死了。她在日本的时候写信给赵清阁女士说："早晚有一天我死了都没有人哭！"似是一语成谶！可是"双双服毒"，此情此景，能不令远方的人一洒同情之泪！

初识冰心的人都觉得她不是一个令人容易亲近的人，冷冷的好像要拒人于千里之外。她的《繁星》《春水》发表在《晨报》副刊的时候，风靡一时，我的朋友中如时昭瀛先生便是最为倾倒的一个，他逐日剪报，后来精裱成一长卷，在美国和冰心相遇的时候恭恭敬敬地献给了她。我在《创造周报》第十二期（一九二三年七月二十九日）写过一篇《繁星与春水》，我的批评是很保守的，我觉得那些小诗里理智多于情感，作者不是一个热情奔放的诗人，只是泰戈尔小诗影响下的一个冷隽的说理者。就在这篇批评发表不久，于赴美途中的杰克逊总统号的甲板上不期而遇。经许地山先生介绍，寒暄一阵之后，我问她："您到美国修习什么？"她说："文学。"她问我："您修习什么？"我说："文学批评。"话就谈不下去了。

在海船上摇晃了十几天，许地山、顾一樵、冰心和我都不晕船，我们兴致勃勃地办了一份文学性质的壁报，张贴在客舱入口处，后来我们选了十四篇送给《小说月报》，发表在第十一期（一九二三年十一月十日），作为一个专辑，就用原来壁报的名称"海啸"。其中有冰心的诗三首：《乡愁》《惆怅》《纸船》。

一九二四年秋我到了哈佛，冰心在威尔斯莱女子学院，同属于波士顿地区，相距约一个多小时火车的路程。遇有假期，我们几个朋友常去访问冰心，邀她泛舟于脑伦璧迦湖。冰心也常乘星期日之暇到波士顿来做杏花楼的座上客。我逐渐觉得她不是恃才傲物的人，不过对人有几分矜持，至于她的胸襟之高超，感觉之敏锐，性情之细腻，均非一般人所可企及。

一九二五年三月二十八日波士顿一带的中国学生在"美术剧院"公演《琵琶记》，剧本是顾一樵改写的，由我译成英文，我饰蔡中郎，冰心饰宰相之女，谢文秋女士饰赵五娘。逢场作戏，不免谑浪，后谢文秋与同学朱世明先生订婚，冰心就调侃我说："朱门一入深似海，从此秋郎是路人。""秋郎"二字来历在此。

冰心喜欢海，她父亲是海军中人，她从小曾在烟台随侍过一段期间，所以和浩瀚的海洋结不解缘，不过在她的作品里嗅不出梅思斐尔的"海洋热"，她憧憬的不是骇浪涛天的海水，不是浪迹天涯的海员生涯，而是在海滨沙滩上拾贝壳，在静静的海上看冰轮作涌。我一九三〇年到青岛，一住四年，几乎天天与海为邻，几次三番地写信给她，从没有忘记提到海，告诉她我怎样陪同太太带着孩子到海边捉螃蟹，掘沙土，捡水母，听灯塔呜呜叫，看海船冒烟在天边逝去，我的意思有逗她到青岛来。她也很想来过一个暑季，她来信说："我们打算住两个月，而且因为我不能起来的缘故，最好是海涛近接于几席之下。文藻想和你们逛山散步，泅水，我则可以倚枕倾聆你们的言论。……我近来好多了。医生许我坐火车，大概总是有进步。"但是她终于不果来，倒是文藻因赴邹平开会之便到舍下盘桓了三五天。

冰心健康情形一向不好，说话的声音不能大，甚至是有上气无下气的。她一到了美国不久就呕血，那著名的《寄小读者》

大部分是在医院床上写的。以后她一直时发时愈，缠绵病榻。有人以为她患肺病，那是不确的。她给赵清阁的信上说："肺病决不可能。"给我的信早就说得更明白："为慎重起见，遵协和医嘱重行检验一次，X光线，取血，闹了一天，据说我的肺倒没毛病，是血管太脆。"她呕血是周期性的，有时事前可以预知。她多么想看青岛的海，但是不能来，只好叹息："我无有言说，天实为之！"她的病严重地影响了她的创作生涯，甚至比照管家庭更妨碍她的写作，实在是太可惋惜的事。抗战时她先是在昆明，我写信给她，为了一句戏言，她回信说："你问我除生病之外，所做何事。像我这样不事生产，当然使知友不满之意溢于言外，其实我到呈贡之后，只病过一次，日常生活都在跑山望水、柴米油盐、看孩子中度过。……"在抗战期中做一个尽职的主妇真是谈何容易，冰心以病躯肩此重任，是很难为她了。她后来迁至四川的歌乐山居住，我去看她，她一定要我试一试他们睡的那一张弹簧床，我躺上去一试，真软，像棉花团，文藻告诉我他们从北平出来什么也没带，就带了这一张庞大笨重的床，从北平搬到昆明，从昆明搬到歌乐山，没有这样的床她睡不着觉！

歌乐山在重庆附近算是风景很优美的一个地方。冰心的居处在一个小小的山头上，房子也可以说是洋房，不过墙是土砌的，窗户很小很少。里面黑黝黝的，而且很潮湿，倒是门外有几十棵不大不小的松树，秋声萧瑟，瘦影参差，还值得令人留恋。一般人以为冰心养尊处优，以我所知，她在抗战期间并不宽裕。歌乐山的寓处也是借住的。

抗战胜利后，文藻任职我国驻日军事代表团，这一段期间才是她一生享受最多的，日本的园林之胜是她所最为爱好的，日常的生活起居也由当地政府照料得无微不至。下面是她到东京后两年写给我的一封信。

实秋：

九月二十六日信收到。昭涵到东京，待了五天，我托他把那部日本版杜诗带回给你，（我买来已有一年了！）到临走时他也忘了，再寻便人吧。你要吴清源和本因坊的棋谱，我已托人收集，当陆续奉寄。清阁在北平（此信给她看看），你们又可以热闹一下。我们这里倒是很热闹，甘地所最恨的鸡尾酒会，这里常有！也累，也最不累，因为你可以完全不用脑筋说话，但这里也常会从万人如海之中飘闪出一两个"惊才绝艳"，因为过往的太多了，各国的全有，淘金似的，会浮上点金沙。除此之外，大多数是职业外交人员、职业军人、浮嚣的新闻记者，言语无味，面目可憎。在东京两年，倒是一种经验，在生命中算是很有趣的一段。文藻照应忙，孩子们照应玩，身体倒都不错，我也好。宗生不常到你处吧？他说高三功课忙得很，明年他想考清华，谁知道明年又怎么样？北平人心如何？看报仿佛不太好。东京下了一场秋雨，冷得美国人都披上皮大衣，今天又放了晴，天空蓝得像北平，真是想家得很！你们吃炒栗子没有？

请嫂夫人安

冰心　十、十二

一九四九年六月我来到台湾，接到冰心、文藻的信，信中说他们很高兴听到我来台的消息，但是一再叮咛要我立刻办理手续前往日本。风雨飘摇之际，这份友情当然可感，但是我没有去。此后就消息断绝。不知究竟是什么原因，他们回到了大陆。

冰心致作者及赵清阁女士的信

一、冰心致作者的信之一

实秋：

前得来书，一切满意，为慎重起见，遵医（协和）嘱重行检查一次，X光线，取血，闹了一天，据说我的肺倒没毛病，是血管太脆。现在仍需静养，年底才能渐渐照常，长途火车，绝对禁止，于是又是一次幻象之消灭！

我无有言说，天实为之！我只有感谢你为我们费心，同时也羡慕你能自由地享受海之伟大，这原来不是容易的事！

文藻请安

冰心拜上　六月廿五

二、冰心致作者的信之二

实秋：

你的信，是我们许多年来，从朋友方面所未得到的，真挚痛快的好信！看完了予我们以若干的欢喜。志摩死了，利用聪明，在一场不人道不光明的行为之下，仍得到社会一班人的欢迎的人，得到一个归宿了！我仍是这么一句话，上天生一个天才，真是万难，而聪明人自己的糟踏，看了使我心痛，志摩的诗，魄力甚好，而情调则处处趋向一个毁灭的结局。看他《自剖》里的散文，《飞》，等等，仿佛就是他将死未绝时的情感，诗中尤其看得出，我不是信预兆，是说他十年来心理的蕴酿，与无形中心灵的绝望与寂寞，所形成的必然的结果！人死了什么话都太晚，他生前我对着他没有说过一句好话，最后一句话，他对我说的："我的心肝五脏都坏了，要到你那里圣洁的地方去忏悔！"我没说什么，我和他从来就不是朋友，如今倒怜惜他了，他真辜负了他的一股子劲！

谈到女人，究竟是"女人误他？""他误女人？"也很难说。志摩是蝴蝶，而不是蜜蜂，女人的好处就得不着，女人的坏处就使他牺牲了。——到这里，我打住不说了！

我近来常常恨我自己,我真应当常写作,假如你喜欢《我劝你》那种的诗,我还能写他一二十首。无端我近来又教了书,天天看不完的卷子,使我头痛心烦。是我自己不好,只因我有种种责任,不得不要有一定的进款来应用。过年我也许不干或少教点,整个地来奔向我的使命和前途。

　　我们很愿意见见你,朋友们真太疏远了!年假能来么?我们约了努生,也约了昭涵,为国家你们也应当聚聚首了,我若百无一长,至少能为你们煮咖啡!

　　小孩子可爱得好,红红的颊,卷曲的浓发,力气很大,现在就在我旁边玩,他长得像文藻,脾气像我,也急,却爱笑,一点也不怕生。

　　请太太安

冰心　十一月廿五

三、冰心致作者的信之三

实秋:

　　山上梨花都开过了,想雅舍门口那一大棵一定也是绿肥白瘦,光阴过得何等的快!你近来如何?听说曾进城一次,歌乐山竟不曾停车,似乎有点对不起朋友。刚给白薇写几个字,忽然想起赵清阁,不知她近体如何?春天是否痊愈了?

请你代我走一趟,看看她,我自己近来好得很。文藻大约下月初才能从昆明回来,他生日是二月九号,你能来玩玩否?余不一一。即请

　　大安　问业雅好

冰心　三月廿五

四、冰心致赵清阁的信

清阁:

　　信都收入,将来必有一天我死了都没有人哭。关于我病危的谣言已经有太多次了,在远方的人不要惊慌,多会真死了才是死,而且肺病决不可能。这边情形,并不算坏。就是有病时(有时)太寂寞一点,而且什么都要自己管,病人自己管自己,总觉得有点那个!你叫我写文章,尤其是小说,我何尝不想写,就是时间太零碎,而且杂务非常多,也许我回来时在你的桌上会写出一点来,上次给你寄了樱花没有?并不好,就是多,我想就是菜花多了也会好看,樱花意味太哲学了,而且属于悲观一路,我不喜欢。朋友们关心我的,请都替我辟谣,而且问好。参政会还没有通知,我也不知道是否五月开,他们应当早通知我,好做准备。这边待得相当腻,朋友太少了,风景也没有什么,人为居多,如森林,这都是数十年升平的结果。我们只要太平下来五十年,你看看什么样子,总之我对于日本的印象,第一是女子(太没有背

脊骨了），第二是樱花，第三第四还有……匆匆，请放心！

冰心　四、十七

五、冰心致作者的信之四

实秋：

文藻到贵阳去了，大约十日后方能回来，他将来函寄回，叫我作复。大札较长，回诵之余，感慰无尽。你问我除生病之外，所做何事，像我这样不事生产，当然使知友不满之意溢于言外。其实我到呈贡后，只病过一次，日常生活都在跑山望水、柴米油盐、看孩子中度过。自己也未尝不想写作，总因心神不定，前作《默庐试笔》断续写了三夜，成了六七千字，又放下了。当然并不敢妄自菲薄，如今环境又静美，正是应当振作时候，甚望你常常督促，省得我就此沉落下去。呈贡是极美，只是城太小，山下也住有许多外来的工作人员，谈起来有时很好，有时就很索然。在此居留，大有 Main street[①] 风味，渐渐地会感到孤寂。（当然昆明也没有什么意思，我每次进城，都亟欲回来！）我有时想这不是居处关系，人到中年，都有些萧索。我的一联是"海内风尘诸弟隔，无涯涕泪一身遥"，庶几近之[②]。你是个风流才子，

---

① 原指美国小城镇的大街、中心街，后用来代指普通人、老百姓。
② 意为差不多是这样。庶，连词。几，差不多。庶几，差不多，近似。近之，接近它。

"时势造成的教育专家",同时又有"高尚娱乐""活鱼填鸭充饥"。所谓之"依人自笑冯骦老,作客谁怜范叔寒"两句(你对我已复述过两次)真是文不对题,该打!该打!只是思家之念,尚值得人同情耳。你跌伤已痊愈否?景超如此仗义疏财,可惜我不能身受其惠。我们这里,毫无高尚娱乐,而且虽有义可仗,也无财可疏,为可叹也。文藻信中又嘱我为一樵写一条横幅,请你代问他,可否代以"直条"。我本来不是写字的人,直条还可闭着眼草下去,写完"一瞑不视"(不是"掷笔而逝"!)横幅则不免手颤了,请即复。山风渐动,阴雨时酸寒透骨,幸而此地阳光尚多,今天不好,总有明天可以盼望。你何时能来玩玩?译述脱稿时请能惠我一读。景超、业雅、一樵请代致意,此信可以传阅。静夜把笔,临颖不尽①。

冰心拜启　十一月廿七

六、冰心致作者的信之五

实秋：

我弟妇的信和你的同到。她也知道她找事的不易,她也知道大家的帮忙,叫我写信谢谢你!总算我做人没白做,家人也体恤,朋友也帮忙,除了"感激涕零"之外,无话可

---

① 过去写信结尾的常用结束语,没有特别含义。

说！东京生活，不知宗生回去告诉你多少？有时很好玩，有时就寂寞得很。五妹身体痊愈，而且茁壮，她廿可上学，是圣心国际女校。小妹早就上学（九·一）。我心绪一定，倒想每日写点东西，要不就忘了。文藻忙得很，过去时时处处有回去可能，但是总没有走得成。这边本不是什么长事，至多也只到年底。你能吃能睡，茶饭不缺，这八个字就不容易！老太太、太太和小孩子们都好否？关于杜诗，我早就给你买了一部日本版的，放在那里，相当大，坐飞机的无人肯带，只好将来自己带了，书贾又给我送来一部中国版的（嘉广）和一部《全唐诗》，我也买了。现在日本书也贵。我常想念北平的秋天，多么高爽！这里三天台风了，震天撼地，到哪儿都是潮不唧的，讨厌得很。附上昭涵一函，早已回了，但有朋友近况，想你也要知道。

文藻问好

冰心　中秋前一日

后　记

（一）

绍唐吾兄：

在《传记文学》十三卷六期我写过一篇《忆冰心》，当时我根据几个报刊的报道，以为她已不在人世，情不自已，写了那篇哀悼的文字。今年春，凌叔华自伦敦来信，告诉我冰心依然健在。惊喜之余,深悔孟浪。顷得友人自香港剪寄今年五月二十四日香港《新晚报》,载有关冰心的报道,标题是《冰心老当益壮酝酿写新书》,我从文字中提炼出几点事实:

(一)冰心今年七十三岁,还是那么健康、刚强,洋溢着豪逸的神采。

(二)冰心后来从未教过书,只是搞些写作。

(三)冰心申请了好几次要到工农群众中去生活,终于去了,一住十多个月。

(四)目前她好像是"待在"所谓"中央民族学院"里,任务不详。

(五)她说:"很希望写一些书",最后一句话是"老牛破车,也还要走一段路的"。

此文附有照片一帧。人还是很精神的,只是二十多年不见,显着苍老多了。因为我写过《忆冰心》一文,也觉得我有义务作简单的报告,更正我轻信传闻的失误。

　　　　　弟梁实秋拜启　一九七二年六月十五日西雅图

(二)

绍唐吾兄:

六月十五日函计达。我最近看到香港《新闻天地》一二六七号载唐向森《洛杉矶航信》,记曾与何炳棣一行同返大陆的杨庆尘教授在美国西海岸的谈话，也谈到谢冰心夫妇，他说："他俩还活在人间，刚由湖北孝感的'五七干校'回到北京。他还谈到梁实秋先生误信他们不在人间的消息所写下悼念亡友的文章。冰心说，他们已看到了这篇文章。这两口子如今都是七十开外的人了。冰心现任职于'作家协会'，专门核阅作品，作成报告交予上级，以决定何者可以出版，何者不可发表之类。至于吴文藻派什么用场，未见道及。这二位都穿着皱巴巴的人民装，也还暖和。曾问二位夫妇这一把年纪去干校，尽干些什么劳动呢？冰心说，多半下田扎绑四季豆。他们在'文化大革命'时期，曾被斗争了三天。"这一段报道益发可以证实冰心夫妇依然健在的消息。我不明白，当初为什么有人捏造死讯，难道这造谣的人没有想到谣言早晚会不攻自破吗？现在我知道冰心未死，我很高兴，冰心既然看到了我写的哀悼她的文章，她当然知道我也未死。这年头儿，彼此知道都还活着，实在不易。这篇航信又谈到老舍之死，据冰心的解释，老舍之死"要怪舍予太爱发脾气，一发脾气去跳河自杀死了……"。这句话说得很妙。人是不可发脾气的，脾气人人都有，但是不该发，一发则不免跳河自杀矣。

弟梁实秋顿首　一九七二年七月十一日西雅图